D1730580

Clemens Ottawa, geboren 1981 in Wien, lebt dort.

Sie dürfen sich nun entfernen. Erzählungen (2012)
Blumen, Bienen und beißende Hunde. Novelle aus zwei Blickwin-
   keln (2016)
Der exzentrische Mann. Eine Novelle in a-Moll (2019)

www.clemens-ottawa.com
www.containerpress.de

Clemens Ottawa
Kletus

Roman

Bibliografische Information der Deutschen Nationalbibliothek:
Die Deutsche Bibliothek verzeichnet diese Publikation in der
Deutschen Nationalbibliografie; detaillierte bibliografische Daten
sind im Internet über https://dnb.de abrufbar.

container press / 6

© 2022 by container press Andreas Schumacher-Rust,
  74399 Walheim

info@containerpress.de
www.containerpress.de

Lektorat, Satz, Gestaltung: Andreas Schumacher-Rust

Druck und Herstellung: BAIRLE Druck & Medien GmbH,
  Dischingen

Printed in Germany
ISBN 978-3-948172-06-0
1. Auflage, Juli 2022

PROLOG

Also: Meine Laune könnte besser sein. Ich bin ja selten übellaunig, aber wenn, dann richtig. Allein schon dieses grausig sentimentale Gefühl, womöglich am Ende zu stehen und mal eben so alles in Fast Motion Revue passieren lassen zu müssen. Wo ich doch Revuen schon als Kind gemieden habe. Langweilig und kitschig. Genauso langweilig und kitschig wie, sagen wir, jede einzelne Disney-Produktion der letzten (gefühlt) 200 Jahre. Ich verspreche hoch und – nein, das andere nicht: Revuen spielen hier keine Rolle. Ehrenwort!

Obwohl wir im Jahr 2044 leben, haben wir noch immer abscheuliche Krankheiten, Seuchen, Nackenverspannungen, idiotische TV-Sendungen, hungernde Laufstegmodels, dämliche Namenstrends (ich sag nur *Tustirius* und *Philadira)*, gewaltverherrlichende Egoshooter ab 12, mit Dummheit oder Größenwahn oder beidem gesegnete Politiker und auch innen, ein neuerlich geteiltes Deutschland, noch immer einen Dauerkrieg in Spanien, noch immer einen Cyborg-Putin, der Feinde willkürlich ausradiert. Dazu Drohnen, die den Einkauf erledigen und dabei das Aussterben der Bienen durch ihr angenehmes Summen fast vergessen machen, 3D-Scanner an jeder Straßenecke, so gut wie keine Obdachlosen – die sind aus dem modernen Stadtbild verschwunden, sprechende Kaffeeautomaten, die sagen »Extrastark – sind Sie sicher? Bitte denken Sie an Ihr Herz! Sie haben die Bestätigungstaste gedrückt«, Menschheitsverbrechen wie die wiedereingeführte Sommerzeit, betrübt aussehende Zootiere, schlechte Literatur, vor allem im World Wide Web, üble Kunst, furchtbar miesen Journalismus, Geschmacksfernsehen, Billigflüge überallhin (Kerosin kostet ja nichts mehr), kein Facebook und kein Google mehr (dafür andere penetrant nachspionierende asoziale Netzwerke), egozentrische Computer, die nur funktionieren, wenn sie selbst es wollen, winzige Communication-Phones mit beachtlichen Intelligenzquotienten (oftmals höher als jene der menschlichen Besitzer und innen), massenhaft Amokläufe, synthetisches Fleisch, das zwischen zwei Bissen ranzig wird, andauernde Updates, Kindergartenkurse für Finanzmanagement, tagtägliche Klimakatastrophen (die keiner mehr leugnet) und noch vieles mehr, das uns das Leben und das Gemüt schwer macht. 99 Jahre Kriegsende und mittlerweile sind alle beteiligt gewesenen Soldaten tot, der letzte, ein französischer Veteran, ist vorige Woche 116-jährig verstorben. Er sei, wie die Seniorenheimpflegerin in einem Interview meinte, *friedlich an einem Orangenstück erstickt*. Das er sich im Übrigen noch selbst geschnitten habe.

Dieser Tod … ich schweife ab! Konkreter Anlass meiner schlechten Laune (ich hole wieder etwas aus): Ich dichte. Also – mein Badezimmer *ab*. Die schimmelbefallenen Fliesen sind meinem ästhetischen Empfinden ein Dorn im Auge. Unglaublich. Also, dieser Schimmel. Mit einem Dorn im Auge lässt sich zwar nichts mehr sehen, aber dennoch … Keine sieben Jahre wohne ich jetzt in diesem Haus und schon galoppiert der Schimmel. (Storm wär sicher schwer begeistert.) Dieses Haus, denke ich mir langsam, ist einfach zu weit weg vom Schuss. In der Stadt kommt der Schimmel erst gar nicht auf die Idee, sich so ungeniert zu verteilen.

Ich bin … ja, ich … ich bin Schriftsteller und als solcher sage ich, es soll keine Hässlichkeit in der Welt geben. Na schön, Hässlichkeit ist relativ. Hugh, ich habe gesprochen!

Jedenfalls keine Hässlichkeit(en) selbst hervorbringen. Literarische Verantwortung!

Die paar Silberfische, die ich am Leben lasse, tummeln sich *in blanker Todesangst* von links nach rechts, von West nach Ost, ganz anders, als es beispielsweise ein Biermann tat, der den allermeisten heute nur noch dem ersten Teil seines Familiennamens nach was sagt. Nina Hagen! Diese kesse, farbfilmliebende Punkerin. Aber natürlich! *Nina Hagen* war beim Kreuzworträtsel letzten Sonntag senkrecht von oben nach unten einzufügen. *Sängerin, 20. Jh. (»Du hast den Farbfilm vergessen«)*, stand da. Ich Dummi schrieb doch tatsächlich *Nina Hoger*, die zwei verwechsle ich *immer*. Hatte die Hoger nicht rote Haare, damals, also von Natur?

Rote Haare, hach, wie schön! Das kommt aber noch ...

Ich dichte also ab. Das Radio läuft und spielt Flamenco oder flamencoähnliche Musik. Ich kann die nicht unterscheiden. Und leiden kann ich sie auch nicht. Ob Flamenco pur oder Flamenco-Ansatz oder flamencoähnlich oder Anleihen oder gar kein Flamenco, sondern Tango – für mich hört sich das alles immer genau gleich verlogen-herzschmerzig an.

Meine Mutter spielte ihre gitarrengezupften spanischen Herzschmerz-Lieder immer dann, wenn mein Vater abwesend war. Fremdging mit der Arbeit oder die Fliege gemacht hatte und sonst wie unterwegs beziehungsweise schließlich ganz gegangen war. Dann saß sie meistens da ... ja, saß da und machte sonst nicht viel. Saß also da, machte nichts und lauschte der Herzschmerzmusik mit den wimmernden Gitarren, die kreischten, zitterten und vibrierten. Manchmal sang dabei eine raue, hohe Männer- oder Frauenstimme etwas von *siento* und *miserable*. Meine Mutter starrte in die Ferne, wobei es diese Art von starrendem Fernblick war, der eigentlich, genau genommen nicht der Ferne an sich, sondern einer fernen Leere galt. Sie machte das dann bei jedem ihrer Nachfolgemänner genauso. Ritual. Gute alte Tradition. Der Mensch braucht feste – also Rituale, *Feste* aber natürlich auch. Aber weiter im Geschehen.

Ich spüre also einen stechenden Schmerz und übergehe ihn. Ich spüre ihn weiter und denke, es wird wohl halb so wild sein, aber sicherheitshalber schauen wir doch lieber mal zum netten Onkel Doktor, weil man ja ein Aua nicht übergehen, sondern einem Aua nachgehen soll. Brav, brav! Ich ziehe meine gute Ausgehkleidung – dunkelblaue Hose, feines Hemd mit leichtem Gelbton, beigefarbenes Cord-Sakko – an, also fast ganz Dresscode à la Goethes Werther, und marschiere zu Dr. Zoran Baltösi. Der fragt mit schönstem ungarischen Akzent: »Tut's hier, tut's dort weh?« Ich: »Ich bin privatversichert! Aua!« und »ja, hier tut's weh« und »ja, *auch dort* tut's weh«. Er, mehr als freundlich, mit Geldscheinaugen wie in einem Tex-Avery-Cartoon, schickt mich zu einem Urologen, diese Ärzte, die einem manchmal mit dem Zeigefinger (manchmal auch unter Zuhilfenahme eines zweiten oder gar dritten Fingers) dort hineinfahren, wo man es nun wirklich nicht großartig haben muss, und der, Dr. Matjas Kosir, ein kerniger Slowene oder Slawone, das habe ich nicht ganz rausbekommen, macht ein Ultraschall, lässt mich röntgen, Ganzkörper wohlgemerkt, nicht nur die Glocken, und acht Tage später habe ich den Salat. Die Praxis meldet sich. Terminvereinbarung Nachbesprechung. Und das alles inklusive eines ganz besonders besorgniserregenden Untertons, bekannt vom Beziehungs-Wirmüssenmalreden … Am anderen Ende der Leitung wahrscheinlich Sorgenfalten, die linke Augenbraue hochgezogen, sowie mitleidige Gedanken der jungen, blonden Arzthelferin mit Rotstich und blasser Gesichtsfarbe. Eigentlich genau mein Typ, ich so kurz denkend, aber andererseits dann auch doch wieder ganz schön jung. Humbert-Humbert-Alarm. Finger weg! Außerdem nun erst mal sowieso nix für mich mehr, das junge Ding, bei meinen Unterleibsschmerzen. Solche jungen Dinger sind immer so fordernd. Ab, na sagen wir, 35 gilt es, mit den Kräften hauszuhalten.

Man muss ja heutzutage schon froh sein, überhaupt persönlich mit einem/r Mediziner oder in in Berührung zu kommen und nicht mit einer dieser unsäglichen Hologramm-Birnen, die seit einiger Zeit überhandnehmen. Arzt oder Ärztin irgendwo im Niemandsland hockend, mit Anschein von Kompetenz, dank Brille, blütenweißem Kittel und ernstem Blick, erscheint gleich in dutzenden Praxen der Stadt. Ferndiagnosen, Behandlungstipps, Pharmaindustrielob, Genesungswünsche, Bestattungsunternehmensadressen.

Aber ich schweife ab. Nicht mit Unwesentlichem aufhalten. Oberstes Gebot! Jawohl, Sir!

Ich also wieder hin und gar nicht schön. Erstens, weil meine gute Ausgehkleidung, die ich früher bei vielen Lesungen trug (ganz in Weiß – wie eine Friedenstaube), gerade zuhause trocknet, nach unangekündigtem Platzregen, und zweitens, weil der Onkel Urologendoktor doch tatsächlich »da ist ein Geschwulst« (schon alleine dieses Wort: Geschwulst, einfach lächerlich) sagt, an einem meiner Kronjuwelen. Tja ... also vielleicht hat das nun alles ein Ablaufdatum. Krebs? Nette Flusstierchen, die ich zwei-, vielleicht dreimal auf dem Teller hatte, jedes Mal von Herzen zum Kuckuck wünschte, weil geschmacklos, für mich zumindest. Aber auch unnötige Krankheit, die das Gemüt schwer und das Leben kurz macht.

Operation sicherlich, wahrscheinlich. Ausgang ungewiss. Bösartig bleibt bösartig, dann frisst sich das Gegenteil vom netten Flusstierchen durch den ganzen Körper und kommt ganz oben wieder raus, aber erst, wenn man selbst in der Waagrechten ist.

Höchstwahrscheinlich also Familienplanung jedenfalls, die ich sowieso nie wirklich ernsthaft im Auge hatte, goodbye, aber soll es das jetzt wirklich schon mit dem *Leben* gewesen sein, meinem Leben, dem ganzen? Dieser Lance Armstrong hat's doch irgendwie auch geschafft. Ein Hoden weg und dennoch fünf Kinder und wieder wie 'ne Eins in die Pedale gestiegen, Steroide hin oder her. Aber was erzähle ich von anderen! Ich möchte, Trommelwirbel bitte, *meine Geschichte* erzählen, denn dafür haben Sie ja immerhin bezahlt, wahrscheinlich. Und ich bin schließlich groß genug, also nur mittelgroß von der Statur her (einen Meter einundachtzig, Stand 2044 – linke Schulter marginal höher als die rechte), aber von viel größerer Bedeutung. Es hat also alles seinen Sinn. Wenn ich wider Erwarten nach dem heutigen Tag doch noch Vater eines kleinen Klieber-Rackers werden sollte, so würde man mich selbstredend auch längst keinen *jungen Vater* mehr heißen können. Mit jenseits der fünfzig dann im Rahmen der *Was-machen-meine-Eltern-beruflich?-Unterstufentage* graumeliert, mit Flicken am Jackett über die gute alte Zeit plaudernd. Aber der Reihe nach ...

Also: Ich sofort ins Krankenhaus (Termin zum Glück gleich frei für Klieber). Rein in die Stadt und unter imaginiertem Blaulicht durchs Rotlichtviertel, mit viel grüner Welle und (sicherheitshalber) Gelbphasenturbo. Neuerliche Untersuchungen, dreifache Blutabnahme, für was, weiß der Teufel, und nun sitze ich sentimental da und die Befunde sollen besprochen werden. 15 Uhr der Termin, ich schon um Punkt 14 Uhr hier, weil ich – weil ich ... keine Ahnung warum schon da bin. Weil ich ja sonst nichts zu tun habe? No comment.

Der Obdachlose vor dem Krankenhaus, der allein schon deshalb auffällt, weil es ja praktisch gar keine Obdachlosen mehr gibt, offiziell jedenfalls, betrachtet die Plakatwände gar nicht nur, denke ich so, als ich das Gebäude betrete, er *spricht* mit ihnen – vielleicht war der ja früher mal Literaturkritiker oder ist es nach wie vor und tut nur kurz mal eben zwischendurch auf obdachlos, weil's halt so richtig schön exotisch ist. Wer weiß. Heutzutage ist ja irgendwie schon alles Fassade.

Ich denke: Vielleicht war es das? Ich wiederhole mich, jetzt schon! Die Anspannung sicher. Witze lockern auf, ich muss Witze abspulen. Wie nennt man einen Spanier ohne Auto? Carlos! Schlecht? Ah, grandios? Wie auch immer. Die Geschmäcker sind bekanntlich verschieden. *Kletus Klieber ist verschieden.* Nein – die Anspannung bleibt, die Gedanken kreisen, ja, konzentrisch.

Auf der Krankenhaustoilette im Erdgeschoss wasche ich mir das Gesicht und betrachte mich im Spiegel. Blaue Augen, nicht tiefblau, mehr so halbtiefblau, vielleicht meeresblau, jedenfalls so meeresblau, wie Meere gegenwärtig noch blau sind; schmale, längliche Nase, kein Höcker; leichter Anflug von Tränensäcken, dezente Lachfalten um die Augen, so dezent, dass man sich fragen könnte, ob ich etwa zu wenig zu lachen hatte im Leben; dunkelblonde Haare, dunkelblonde Augenbrauen, wären die Haare länger, hätte ich Locken. Ich bin unrasiert, mein Kehlkopf sticht hervor, bin blass, blasser als gewöhnlich und gewöhnlich bin ich blass. Es gibt Leute, die meine Stimme schätzen, die meinen, ich sei dafür geboren worden, mit meiner Lesestimme die Leute zu verzaubern. Ich kann nicht klagen, grundsätzlich, gegenwärtig aber doch, weil eben: Schmerzen.

Ich, der grandiose, große Kletus Klieber, Schriftstellergott einer ganzen Generation, erst 39, bald 40 Jahre jung, dem es runtergeht wie Butter, wenn ihn die älteren Semester *junger Mann* oder *jugendlich* oder *frisch und adrett* nennen oder betonen, er habe noch gar keine Schlupflider oder Krähenfüße, der – ICH! – soll die Segel streichen?! *In diesem Alter*, noch nicht mal too old to Rock 'n' Roll – but (ganz gewiss) too young to die! Ich lache. Kurz. Auf. Kurz auf, weil: Es tut weh. Stich links, Stich rechts, Stich mittendrin. Was aber nimmt sich ein mutmaßlich Sterbender vor? Stimmt genau. Die Memoiren. Jeder Sterbende, der auch nur bisschen etwas auf sich hält, macht das so, da werde ich, der sogar ganz ordentlich was auf sich hält, es ja schließlich nicht anders handhaben.

Und weil alles kurz und bündig (eine Stunde Zeit, *topp, die Wette gilt* – auch so 1990er) sein soll, weil Zeit Geld ist und Geld vorhanden, aber Zeit vielleicht nicht unbedingt mehr, also rasch die Geschichte meiner Eltern, die mich gottlob – wobei Gott vielleicht ... selbst dankbar sein, selbst (mich!) loben sollte – in die Welt setzten und in ihrer (extremen) Mittelmäßigkeit lebten, meiner Geburt, meiner Stationen, inklusive meines großen Wurfs mit meinem millionenfach verkauften Roman *Wenn's hilft wird Vincent Wunderheiler*, einem Buch voll Tiefe, Poesie und Virtuosität. Schon nach sieben Monaten ist es in 32 Sprachen übersetzt und ich habe Sendezeit, so viel wie sonst eigentlich nur Diktatoren im eigenen Land. Auch bei der Verfilmung, die zwar lange nicht die Qualität der Vorlage erreicht, aber doch Laster voll Zaster einfährt, mische ich mit. Mehr dazu aber etwas später.

Die Chinesen vergötterten das Buch. Ich war erst der Zweite überhaupt, nach Houellebecq, fünfzehn Jahre zuvor, der direkt auf der Mauer eine Lesung halten durfte. Und ich machte dabei die weit bessere Figur. Der Franzose war doch glatt vornübergekippt. Angeblich zu viel Reiswein im Blut. Platzwunde, Röcheln, auch weil er die Zigarette im Mundwinkel verschluckt hatte, irritiertes Klatschen die Folge. Ich traf ihn später einmal, kurz vor dem Ende, auf seiner (wie sich bald herausstellen sollte) vorletzten Lesung, ein netter, alter, kranker Mann, übersät von Nikotinpflastern, wenngleich er weiterhin rauchte, mit einem leisen Hutzelweibstimmchen. Zum Schluss ein verhaltenes »Merci pour tout!«, gefolgt von minutenlangem Husten. Nun gut, er hat es hinter sich. Zurück zu mir, zu Kletus Klieber.

Die FAZ (die es damals noch gab, bevor die Russen sie dann abschafften) beschloss ihre fast anderthalbseitige Rezension, angeblich eine der besten, mit: »Selten wird ein literarisches Romandebüt mehr Strahlkraft erzeugen als in diesem Fall!« Ich erlebte also die Verfilmung des Buches, ich glotzte in Literatursendungen, von denen es tausende zu geben schien, in die Kamera, aus dem Fernseher, ich wurde zum *Gastschreiber* erkoren, der zu allem und jedem seinen güldenen Senf dazugeben durfte, vollkommen ahnungslos, im Grunde genommen. Ich schrieb über Politik, Kunst und Medien und über meine zehn liebsten Knödelgerichte, über indische Turbane, Techniken beim Handstand, Stressabbau, Zwangsverheiratungen im Ruhrpott, Dachbodenausbauten, Schachstrategien, Extremveganismus und die Vermeidung von frühmorgendlichen Schwindelanfällen. Ich war groß, von Bedeutung. Der King der Belletristik, der »Joyce des 21. Jahrhunderts«. Das schrieb ein Journalist und ich war ganz gerührt. Aber wie war das alles passiert?

Also, ich meine ... wirklich alles ... *The whole story.* Von der Samenzelle bis zur gegenwärtigen Stunde. Gewiefte Erzähler schaffen so etwas im Handumdrehen. Jetzt wird der Leser und auch die in sicherlich sagen: »Wie geht denn das? Das alles kann er doch gar niemals nicht wissen!« Also, ich muss doch schon sehr bitten! Noch nie was vom allwissenden Erzähler gehört? Na eben. Und deshalb: Licht aus, Spot – und Konzentration – an. Uuuuund ... *Action!*

1 – Die Geschichte mit den Eltern

Off. Also ... weil man schließlich höflich ist und weil man beim Leser nichts voraussetzen soll, hat eine gute Geschichte artig beim Beginn zu beginnen. (Aber, bewahre, nicht mit dem Ende zu enden!) Zurück zum Start also (schmieren wir es der Einfachheit halber einfach mal so hin): An irgendeinem Tag in irgendeinem Jahr, auf jeden Fall längers schon vor 2002, da die späteren Erzeuger und innen sich kennenlernen werden, schuf Gott den Menschen (ja, somit auch mich, den Darwin-Follower) und dann muss lange Vergangenes neu, also noch mal aufgerollt werden, weil der Leser ja nicht weiß, wie's war oder gewesen sein soll. Wie denn auch? Aber weil sich der durchschnittliche Leser, der auch eine Leserin sein kann, genauso wie andersrum, also wieder ein Leser, erfahrungsgemäß wünscht, nicht gar all zu lange um den heißen Urbrei kutschiert, nicht zu schildkrötesk durch die erdgeschichtliche Dorfkirche getrieben zu werden, der Beginn in *shortest version.*

Also, Klappe (zu) – die ersten 33 Jahre meines zukünftigen Vaters (daddy-o, aber weniger Daddy Cool) Arno im steckbriefhaften Schnelldurchlauf:

- Geburt 1969, ein Jahr voll von Mondlandung, Woodstock, Easy Rider, Richard Nixon, Charles Manson ...

- Im Kindergarten, dessen steinerne Wände in braun, ocker und orange, mit wundersamen Blumen und unförmigen Wölkchen tapeziert sind, bekommt es mein späterer Herr Papa jedes Mal mit der nackten Angst zu tun, wenn die quietschfidelen Kindergartentanten Flora (alte

Jungfer) und Gerda (junge Jungfer), beide bekennende Orff-Jüngerinnen, ihr Folterinstrumentarium in Gestalt ihrer Wandergitarren und ihrer Blockflöten zückend abgrundschief zu spielen beginnen und sich die Kinder zu diesen Klängen dann »jetzt bitte alle mal« wie *Elefanten* oder *Frösche* bewegen sollen – oder *Rhinozerosse imitieren,* indem sie, beide Hände aufgerichtet an den Nasenrücken gelegt, durchs (zu imaginierende) Zoozimmer zappeln.

• Regelmäßiges Nasenbluten bis zum neunten Lebensjahr. Der Arzt, ein älteres Semester mit Spitzbart und klassisch gefleckter »Havanna«-Schildpattbrille, der ein Herbert-von-Karajan-Poster in der Praxis hat und in seinen Notizblock gerne Kinderspeiseröhren kritzelt, meint salopp, dass es »unter Umständen« auf einen Hirntumor »hindeuten könnte«. Auch seine persönliche Lieblings-Ohrwurm-Diagnose »Aneurysma« wird routiniert rausgeknallt. Die spätere Großmutter geht beinahe k. o. Ein Schädelröntgen besagt aber: von Tumoren oder sonstigen Veränderungen keine Spur.

• Arno versteht nach Belieben Sprichwörter und Redewendungen falsch beziehungsweise gibt sie inkorrekt wieder. *Die Letten werden die Esten sein!* Diese Eigenart wird auch im Erwachsenenalter bestehen bleiben.

• Berufswünsche vom vierten bis zum siebzehnten Lebensjahr: Mülleimer, Müllsack, Kartonagenfabrikvorsteher, Puppenspieler, Roggenbrot (erst später eine von dutzenden Allergien), Tierdoktor, Großwildjäger, Pelzhändler, Arzt, Zahnarzt, Rechtsanwalt (spezialisiert auf zahnärztliche Behandlungsfehler), Berufskiller, Terminator, Pornodarsteller (dies vor allem unter dem Eindruck der ersten Ejakulation im Alter von vierzehn Jahren, sechs Monaten und drei Wochen, die Tage zählt man nicht, nach Durchsicht eines Unterwäschekatalogs, der in der Altpapiersammlung gelegen hatte – das Selbsthandanlegen wird daraufhin zum treuen Begleiter in sämtlichen Lebenslagen), zuletzt Versicherungsvertreter.

• Schulabschluss mit einem Notendurchschnitt von 2,8. Mathematik, o du logische Liebe, aber pfui Sprache, Grammatik, Literatur – weswegen gibt es den Genitiv, wenn ihn kaum einer gebraucht? Schwere Stabsichtigkeit links (und weniger schwere rechts) wird festgestellt.

• Kein Militärdienst, da im höchsten Grade unbrauchbar für die Front: Plattfüße, Nackenarthrose, Asthma, Leukoplast-Allergie, die zu unerträglichem Juckreiz am ganzen Leptosomenkörper führt, good old nasty Nasenbluten (allerdings mit fortschreitendem Alter unregelmäßiger – eine Verbesserung), beginnender Krummrücken, Transpirationsproblem und Hautausschlag bei Kälte.

• Siebenmaliges Versagen bei der praktischen Fahrprüfung und damit zusammenhängendes psychologisches Gutachten. Legendenbildung unter Fahranfängern.

»Alter, hast du das mitbekommen? Da muss es mal einen hier herum in der Gegend gegeben haben, der Schrottsammler vom Friseur vom Briefträger von der Mutter von 'nem Kumpel eines Kumpels kannte den persönlich. Legendäre zweiunddreißig Mal durchgerasselt, der Typ, weil keiner ihn riechen konnte, bis er sich mal morgens auf dem Weg zur Fahrprüfung rein zufällig unter einem offenen Badfenster die Schuhe band und dabei, ohne es zu schnallen, in eine Parfümspraywolke geriet. Die Dame, die dort wohnte, entledigte sich nämlich gerade absichtlich des halben Fläschcheninhalts, weil sie mit diesem Weihnachtsgeschenk von ihrem Mann nicht glücklich war und sich eigentlich ein gänzlich anderes Parfüm gewünscht hatte. Natürlich ohne den Kerl irgendwie sehen zu können, klar, weißt du, war so 'n winziges Fensterchen ganz oben, knapp unter der Decke, wo sie sich extra auf den Deckel der Kloschüssel stellen musste, um überhaupt mit dem ausgestreckten Arm grad noch so da dranzukommen. Der Fahrprüfer hielt es dann zwar auch an jenem Morgen keine zehn Minuten lang mit ihm aus, gab dem armen Schwein aber endlich doch den Lappen, da er in dessen Benutzung eines Geruchwassers immerhin einen guten Willen zu erkennen meinte.«

»Ach was, den Affen hat's in echt gegeben?! Ich dachte, das wäre jetzt auch wieder nur so 'ne allerneueste Großstadtsage.«

• Juckreiz und Erbrechen in Stresssituationen oder *allgemein unter Leuten* werden verlässliche (und unliebsame) Begleiter. Dann doch lieber wieder allein zuhause heimlich die sündige Sache namens Onanie, weshalb sich auch eine hartnäckige (und selbstverständlich totgeschwiegene) Sehnenscheidenentzündung einstellt.

• Beginnender Haarausfall und Beginn eines Studiums: Wirtschaft und Recht. Erster Koitus, sie heißt Roxana – Studentin, jedenfalls sagt sie das, aus Riga – und hat Mitleid nebst Oberlippenflaum. Auch erster und einziger Telefonsex-Versuch sowie Freundschaft mit dem Studienkollegen (meinem späteren Patenonkel!) Josef Safranski, dem Draufgänger und Frauenhelden, dem Mann, der das frei sprießende Brusthaar förmlich erfunden hat. Warum es diese ungleiche Freundschaft gibt, bleibt ein ungelöstes Menschheitsrätsel. Freunde, hauptsächlich aber Nichtfreunde (von Letzteren gibt es weitaus mehr) meinen, er sehe aus wie eine alternative Version des (schon damals verstorbenen) Autors Arno Schmidt in dessen jüngeren Jahren.

• Roxana erhält regelmäßig »kleine Aufmerksamkeiten«. Blumen, Pralinen sowie mikroskopisch winzige Grußkarten warten vor der Türe ihrer abgeranzten Einzimmerwohnung. Mein Vater schreibt dabei in den größten Teil der Karten, dass er nun »Lettin-Lover« sei und Kind, Kegel und Kalaschnikow mit ihr teilen wollen würde. Die ihr außerdem zugedachte, obligatorische Rotweinflasche wird dagegen – ohne dass einer der beiden davon wüsste – vom alkoholkranken Nachbarn systematisch in Sicherungsverwahrung genommen. Roxana verlässt fluchtartig die Stadt / das Land – und Arno fühlt sich persönlich zurückgewiesen. Sätze wie »Ich brauch die Frauen sowieso nicht«, »Warum will mich denn keine?« oder »Die hat mir eh nie recht gefallen!« fallen, nebst Tränen.

• Praktikum in einer Bank. Er findet großes Gefallen daran, Geld zu horten und kommt für sich selbst zu dem Schluss: Geld geht vor Frau. (Und hat keinen osteuropäischen Akzent!)

• Erstmalige Selbstbezeichnung Arno Kliebers als *Kapitalist*, zur Schau gestelltes Kopfschütteln über Graffitis im öffentlichen Raum – *so ein sinnloser, ressourcenvernichtender Vandalismus* – und überhaupt alles, was auch nur entfernt marxistisch anmutet.

• Mit 20 plus ist er steifer als ein gefrorener Besenstiel, außer im sexuellen Sinne. Mein Vater, die Spaßbremse par excellence. »Huch, schon nach 22 Uhr – ich muss sofort nach Hause! Übermorgen ist doch schon wieder Montag, da muss ich doch ausgeschlafen sein ...«

• Abbruch des Studiums, kurz vor dem Ziel. Nervenzusammenbruch der Mutter, angekündigter, aber ausgebliebener Herzinfarkt des Vaters. (Der sollte sich erst dreizehn Jahre später erst- und letztmals einstellen.)

• Einige Jobs zur Überbrückung. Er fühlt, dass Großes auf ihn wartet. Mit 23 erhält er einen Posten in einer Bank, fest der Überzeugung, *dass es das ist.*

• Erste eigene Wohnung mit 25. Meine Großeltern lassen die Sektkorken knallen. Mein Vater schmeißt eine Einweihungsparty mitsamt erstem eigenen Bierrausch. Es verirren sich dank Safranski, womöglich auch seiner Brusthaare wegen, doch einige Menschen hin. Ein weiblicher Partygast denkt dabei glatt, der hölzern wirkende Gastgeber gehöre zur Cateringfirma, die in der Küche die belegten Brötchen hergezaubert hat. Mein Vater leugnet im Nachhinein übrigens, dass es sein allererster Bierrausch gewesen sei, man glaubt ihm kein Wort. Das grad eben erst erstandene Sofa wird zum Behelfseimer für diverse Körperausscheidungen.

• Es folgen Jahre absoluter Asexualität, voll von dutzenden unspektakulären Ereignissen. Hier lediglich einige, gerafft, damit die Langeweile nicht überhandnimmt: Konsequente Rückläufigkeit – weil sich das »Problem« sukzessiv von selbst löst – von Friseurbesuchen; dreimaliges Lob vom Finanzamt aufgrund vorbildlicher Steuererklärung; einmaliges, unbeabsichtigtes Hineingeraten in eine Schwulen- und Lesbenkundgebung, Stehenlassen eines Oberlippenbärtchens, das Verwandte wie Bekannte im falschen Licht wiederholt für Schmutz unter der Nase halten; Fitnesscenter-Jahreskarte wegen anhaltender Ischiasprobleme – nie in Anspruch genommen; Wasserrohrbruch, Comeback Sehnenscheidenentzündung auf ganz neuem Level, Kauf einer neuen Brille (rechts drei, links zweieinhalb Dioptrien), erstmaliges Selbsteingeständnis, dass das Alter unnachgiebig voranschreitet.

• Mit 33, nach zehn Jahren und vier Monaten bei der Bank, in leitender Position. Ein braver, treuer, arschkriechender

Untergebener des Big Bosses. Wenn dieser ihn persönlich anspricht (»Gut gemacht, Klieber!«) oder lobend hervorhebt, speziell bei Gruppenversammlungen, nach wie vor: Hautausschlag. Und weil er gar so brav arbeitet, ist er manchmal sogar noch »after the boss in the bank«. Regelrechte Bancchanalien, ungezügelte Taschenrechnergelage feiert er, der ungekrönte Überstundenking, nein, -Kaiser Klieber. Ein ganzes Überstundenimperium könnte er errichten, aber das würde dem Vorgesetzten vermutlich nicht gefallen, also wird's (selbstredend) gelassen. Das übermäßig lange Sitzen birgt Krummrückengefahr.

• Zu dieser Zeit wahllos auf Datingplattformen unterwegs, sogar Speed-Dating wird mal ausprobiert, verursacht aber Stress, weil Zeitdruck, der unkalkulierbar erscheint, der wiederum Juck- und Brechreiz verursacht, die im Verbund mit unkontrollierbar austretendem Schweiß verursachen, dass sich gleich mehrere Frauen einen olfaktorischen Sicherheitsabstand zu meinem späteren Vater erschleichen wollen, was zu ungeplanten Boxenstopps, riskanten Überholmanövern, Panik und zu unguter Letzt zu einer Massenkarambolage führt, aus der mein Vater jedoch mitnichten »abgeschleppt« wird, sondern heimlich, still und leise verduftet. Er sucht sein Heil daraufhin im Pornokonsum via Internet. Folgende Suchbegriffe gibt er dabei bevorzugt in die noch relativ jungen Suchmaschinen ein: »dunkelhaarige Schönheiten«, »rothaarige Schönheiten«, »geile Blondinen«, »geile Brünette«, »nackte Lockige«, »nackte, lockige Rothaarige«, »geile Brünette mit oder ohne Locken« – was den Computer auf Dauer stark vervirt.

• Finally: First Date mit Agathe Trottning. Man lernt sich via Kontaktboerse.net – mit großzügigem Filter für damalige Verhältnisse – kennen. Er dort als »Bankmaster_69« (Hobbys: »Geld verwalten«, »Bahn- und Friedhöfe« sowie »Milch mit Honig trinken«) auf drei Profilbildern, allesamt

Selfies, bevor es sie überhaupt offiziell gab, im Strickpullunder und mit halbverblichener Werbetasse »Sanitärnotdienst 24/7« im Vordergrund. Sie als »Bratschenloverin 34« (Hobbys: »Bratsche hören«, »Bratsche spielen«, »kleine Schuhe für meine kleinen Füße kaufen«, »Polka« und »Spanische-Herzschmerzmusik-Marathons«), mit zwei Profilbildern, einem der Bratsche und einem recht verwackelten von ihr im geblümten Kleidchen vor einer kahlen Eiche, inklusive Krähe drauf. Man schreibt hin und her und her und hin und findet sich gegenseitig in »hohem Maße« sympathisch und »spannend« (was auch immer das heißen mag). Das Eis ist endgültig gebrochen, als sie ihm (»Soll ich?« – »Klar, warum eigentlich nicht?!«) ein »Bild ohne Kleidung« schickt, nämlich das einer leeren Waschmaschinentrommel. Ganz warm wird ihm ums Herz, der innere Besenstiel beginnt aufzutauen, die Lenden pulsieren, die Nacken- und Scham... – keine Details! Meinen späteren Großeltern väterlicherseits berichtet er: »Es gibt da jemanden!« Der Vater, der seit einiger Zeit vermutet, der Sohnemann angle am anderen Ufer, meint väterlich »Junge, die Hauptsache ist doch, dass du glücklich bist!«, derweil der Mutter Tränen in den Augen stehen. Warum nur, fragt sich der Sohn, mein Vater, daraufhin, sind Mütter, sind Frauen immer so nahe am Wasser gebaut? (Und warum nur, denke *ich* später, zieht sie's so häufig dorthin – Ophelia, Virginia Woolf, Natalie Wood ...) »Aber nein!«, antwortet mein zukünftiger Vater (damals, sich selbst). »Auch Männer können's sein, mitunter.«

(Völlig richtig lag er da.)

Nun aber die ersten 34 Jahre meiner Mutter, Madame Agathe, im (teils) heiteren Schnelldurchlauf:

• Acht Monate und zwölf Tage nur verbringt Agathe im mütterlichen Bauch, dann reicht es ihr – hinaus ins rebellische Protest- und Martin-Luther-King-Todesjahr 1968, in dem Johnny Cash vor Knackis knarzt und sie sich schnell den Ruf als »Schreibaby« erarbeitet.

• Probleme mit der Wachstumsfuge im linken Arm, dreimaliger Bruch infolge exzessiven Puppenwagenfahrens. Fünf Monate mit Augenklappe unterwegs, weil der Kinderarzt im Vorbeigehen ein *faules Auge* zu erkennen glaubt. Es stellt sich jedoch heraus, dass die Augen des Herrn Doktors selbst faul waren. Weitestgehend freundinnenlos durch Kindergarten und Volksschule. Zwei ominöse Begleiterinnen namens Karoline (mit K) und Heidegart (mit t) werden von den Eltern, meinen Großeltern, und selbst von der großen Schwester nicht gesehen, sehr zum Ärger meiner späteren Mutter. Bratschenunterricht bei Professor Ewald K. Stoiber, einem pensionierten Philharmoniker, weitschichtig verwandt mit (Muschi-Muschi-Nenner) Edmund, dem späteren Kanzlerkandidaten und Youtubeknaller.

• Einige Zeit lang kleidet sich meine Mutter wie die große Schwester. »Ach, Antonia. Ich möcht so gern so sein wie du!« – »Dann sei leise, gottverdammt!« Die bald folgende, lauthals vorgetragene Androhung von Prügel, sollte sich die neun Jahre jüngere Schwester nochmals ungefragt am Kleiderschrank bedienen, bewirkt Wunder. Fortan wird »die Toni« nie wieder kopiert.

• Meine Mutter wird dreimal in Folge Schulmeisterin im Kopfrechnen. Addieren, subtrahieren, multiplizieren, dividieren – alles ein Kinderspiel für sie. Die Eltern legen ihr daraufhin regelmäßig zwecks Überprüfung sämtliche Handwerkerrechnungen vor. Ihre Erfolge tragen jedoch, wie sie schnell feststellen muss, nicht gerade zu steigender Beliebtheit bei. Diese verläuft weiterhin tendenziell im Nullbereich.

• Bekommt ein Tagebuch geschenkt und vertraut sich diesem voll und ganz an. Träumt davon, dass wenn sie berühmt werden sollte, sie vielleicht teuer von einem japanischen Bieter, der anonym bleiben wollen würde, ersteigert werden könnte. Da ihr Name ihr nicht gefällt, überlegt sie sich eifrig mögliche Pseudonyme. Es gewinnt schließlich: Wendy Musispielt.

• Meine Mutter übt mehrmals täglich über Stunden hin – für ihre Schwester, meine spätere Tante, gefühlte Höllenewigkeiten – auf ihrer Bratsche. Jedes Stück klingt dabei exakt gleich falsch, und das obwohl es hunderte, wenn nicht tausende von verschiedenen Etüden sind und sie laut ihres (greisen) Bratschenlehrers »durchaus talentiert« ist.

• Spielt Weihnachten 1981 im engsten Familienkreis ein Bratschenkonzert (Louise Adolpha Le Beaus Opus 26). Der Vater (und spätere Großvater) ist zu Tränen gerührt, die Mutter (und spätere Großmutter) sucht Softies für ihn, verlässt deswegen für den Rest des Konzerts das festliche Wohnzimmer. Agathe wirft ihr später »absichtliches Herumtrödeln« vor, die Mutter leugnet es nicht. Kurzzeitiges Zerwürfnis, das den Herrn Papa wiederum einige Tränen kostet.

• Die Bratsche wird ins Eck gestellt, wo sie eine (herrlich unaufgeregte) Karriere als Staubfänger startet.

• Versuch, eine Sportleidenschaft zu entwickeln. Kostspielige Einzelstunden im Eislauf, ihr Trainer sieht für sie jedoch letzten Endes weder im Einzel- noch im Paarlauf Potenzial, auch generell in keiner sonstigen körperlichen Betätigung. Nicht einmal der Heulkrampf, den sie nach der Abweisung aufführt, rührt den erfahrenen Lehrer.

• Generell ist sie eine Pedantin und Perfektionistin, die Rückschläge jeglicher Art nur schwer verkraftet, eine Eigenschaft, die sich an ihr nachhaltig konservieren wird (ich spreche aus Erfahrung). Darüber hinaus entwickelt sie einen krankhaften Sauberkeitswahn. Streikt ein Wasserhahn oder befinden sich irgendwo aus irgendeinem Grund nicht hinreichend Reinigungsutensilien in Sichtweite, so verfällt meine spätere Mutter in eine regelrechte Schockstarre.

• Liest mit zwölf Bücher für Sechzehnjährige, in denen manchmal schweinische Wörter stehen, die sie fett unterstreicht und dann spätnachts rot anlaufend im Konversationslexikon der Mutter nachschlägt, mag und trägt zudem ekelerregende Karomuster-Kleidung.

• Faible für Polkamusik, was unter Gleichaltrigen zu weiterer Ausgrenzung führt, wodurch auch die Gymnasialzeit, abgesehen von der buckligen Brillenschlange Riccarda, komplett freundinnenlos verstreicht.

• Erster Opernbesuch. Hörsturz. Warum denn auch Anton Webern? Viel zu viele Dissonanzen, Disharmonien, kreischende Stimmen und so rein gar keine Bratschensoli.

• Bekommt aus zweiter Hand einen angeblich taubstummen Nymphensittich mit Namen Ottilie Freifrau von Sittsam-Pferchelbach geschenkt. Der Sittich spricht nach wenigen Wochen den grammatikalisch korrekten Satz »Es kommen Gäste!«, auch wenn niemals Gäste kommen, was vor allem beim Vater zu Irritationen führt und ihn dazu veranlasst, von nun an zuhause immer, für den Fall der Fälle, feine Kleidung inklusive Einstecktuch zu tragen.

• Die spätere Großmutter klärt meine zukünftige Mutter anschaulich und ausführlich auf und setzt sie dabei im selben Atemzug auch »vorsorglich« darüber in Kenntnis, dass Topfpflanzen, ja, »wahrscheinlich sogar Steine« für gewöhnlich weitaus besser und aufmerksamer zuzuhören pflegen als der Ottonormalrepräsentant des männlichen Geschlechts.

• Meine Mutter schwärmt bald darauf für ihren Lehrer, den Geografieprofessor Frank-Richard Schumann-Walser. Der Doppelname verrät zwar, dass er möglicherweise, unter Umständen, potenziell vielleicht vergeben sein könn-te, aber in diesem Punkt hat die schwärmende Agathe, wie sich herausstellt, Glück: Er ist verwitwet, die Frau stürzte bei einem Polarrundflug aus dem Heißluftballon, Eisbären sollen über sie hergefallen sein, wobei die Ge-schichte ihre Lücken aufweist. Schumann-Walser erklärt ihr die Welt aus Geografensicht. Die Niederlande sind eine Depression. Der Baikalsee: sogar eine Kryptodepression. Wie toll, da lacht ihr Herz!

• Schulabschluss mit einem Notendurchschnitt von 1,3 und erster Koitus mit Herrn Frank-Richard Schumann-Walser. Die Eltern untersagen, nach einem Tobsuchtsanfall meiner zukünftigen Großmutter, die *junge Liebe*. »Was sind schon 37 Jahre«, fragt sich, tränenverheult, die spätere Mutter, »gemessen an Erdzeitaltern?!«

• Schumann-Walser verlässt fluchtartig – und für sein Al-ter recht rasch – das Land, weil Papa Trottning mit Klage und harter Prügel droht. Die Tochter, meine zukünftige Mutter, ist am Erdboden zerstört. Depression (... da lacht nix mehr!) nebst Selbstmordfantasien (zu Tode kreischen, Einatmen eines Haarsprays über mehrere Stunden hin, beabsichtigter Kletterwandabsturz, Tod durch Luftanhal-ten, Tod durch sich vom Sessel fallen lassen, Tod durch

Kopfzerbrechen, Tod durch Herzensangelegenheit, Tod durch Genickstarre, Tod durch lange abgelaufenes Essen essen, Tod durch Füllfedertinte trinken, Tod durch Langeweile, Tod durch gegen die Teppichstange laufen, Tod durch Übersehen der Gelbphase beim Passieren der Straße).

• Sie beruhigt sich schließlich und möchte nun »unbedingt« einen »seriösen Beruf« erlernen, sehr zur Freude der Eltern natürlich, die allerdings nicht lange anhalten wird.

• Studium der Psycholinguistik nach erfolgter Aufklärung der Eltern, was es damit auf sich hat. Im Bereich Kindergarten und Volksschule wolle sie arbeiten ... Die armen Kleinen und ihre Sprachfehler etc. Wie angedeutet mäßige Euphorie der Eltern, gepaart mit eiskaltem Schweigen. Mein zukünftiger Großvater fragt, warum man denn »diese Kinder nicht einfach ihrem Schicksal überlassen« könne.

• Wochen später beim Kaffeetrinken mit der Tochter: Papa Trottning kündigt Herzinfarkt an, wenn sie weiterhin die »Idiotin« für »undankbare Kinder« gebe und nicht endlich aufwache und die Advokatenlaufbahn als einziges Heil anerkenne. Juristen möge und achte die ganze Welt. Am besten aber sei: Einen heiraten – dann wären alle glücklich. Verschmitztes Lächeln seinerseits. Ihr fällt sein neuer Goldzahn auf – stümperhaft! Der Zahnarzt ungarischer Alkoholiker ...

• Endlich Freundinnen. Bildung einer Clique im Stile von *Clueless*, wobei es den Film noch gar nicht gibt, man/frau zehn Jahre älter + weniger attraktiv ist, keine Handtaschenhunde besitzt und eben nicht in Beverly Hills lebt.

• Der Traum vom eigenen Perserteppich in einer ersten eigenen Wohnung, wenn möglich bereits fix möbliert, da wenig Lust, durch Möbelläden zu irren, geschweige denn, die gekauften Möbel dann in der ganzen Wohnung zu verteilen. Doch sie bleibt den Eltern vorerst treu. »Heutzutage«, meint sie, »zieht doch keiner unter 30 aus!«

• Mit 21 ist sie erschreckend unpolitisch. Vollkommen irrelevant, ob Kapitalismus oder Anarchie. Graffitis sind nett, aber nur, wenn sie keinen Phallus zeigen, auch das Wort FUCK ist »nicht so schön«.

• Erste eigene Wohnung mit 26. Keine Einweihungsfeier, denn erstens wären der Begriff beziehungsweise allein die Vorstellung einer »Party« maßlos übertrieben im Zusammenhang mit meiner damalig späteren Mutter, und zweitens ist die Clique nach Clueless-Vorbild schon genauso Vergangenheit wie wenig später dann Alicia »One Hit Wonder« Silverstone (auch so 90er). Kauf eines Perserteppichs.

• Reinigung des Perserteppichs.

• Perserteppichlos, weil Perserteppich – auf dem Weg vom Teppichreinigungsladen nach Hause unbemerkt vom Fahrradgepäckträger gefallen – nicht mehr auffindbar.

• Es vergehen beinahe zwei Jahre voll unspektakulärer Ereignisse. Agathe flüchtet sich in Arbeit. Ab und an Blicke auf männliche Unterwäschemodels in Magazinen. Man wird ja wohl noch träumen dürfen ...

• Wiederauftritt Schumann-Walsers. Mit dem breiten und weltmännischen Grinsen eines bewanderten Geografen fragt er in Rhett-Butler-Manier »Hast du mich vermisst, Agathe?« und diese nickt so eifrig, dass sich Genickstarre einnistet. Koitus. 66 Jahre gehen allerdings doch nicht ganz spurlos an einem vorüber, Schumann-Walser klagt nach vollzogenem Akt über »Herzschmerzen«, während meine Mutter erwägt: Der kann doch wohl jetzt unmöglich schon das Ende der Fahnenstange gewesen sein.

• Emotionale Loslösung von Schumann-Walser, der sich daraufhin entrüstet und ihr krampfhaft seine Fitness unter Beweis zu stellen versucht. Liegestütze und Kopfstand auf Teufel komm raus.

• Nach acht Stunden Notaufnahme darf Schumann-»Turnschuh«-Walser mit meiner zukünftigen Mutter das Krankenhaus verlassen. Er bekommt striktes Handstandverbot und seine Libido scheint dahin. Nichts da mit »morgen ist auch noch ein Tag«. Vor dem Krankenhaus sehen sich die beiden zum letzten Mal. Seiner Beerdigung 21 Jahre später wird meine Mutter nicht beiwohnen, der Kauf einer 50er-Packung Grabkerzen lässt aber vermuten, dass sie die letzte Ruhestatt des Geografen häufiger aufsucht.

• Ab spätestens dreißig beginnende Torschlusspanik bei meiner späteren Mutter. Das Internet als allerletzte Hoffnung? Einen Versuch wär's wert! Und siehe (schließlich) da: Realtreffen zwischen »Bratschenloverin34« und meinem zukünftigen Vater, arrangiert beim Internetdating-Date via Partnerbörse im weltweiten Web. »Bankmaster« Arno trotz eigenwilliger Körperfärbung bei diesem ersten *meet and greet* dabei durchaus als potenzieller späterer Erzeuger und Vater meiner Wenigkeit eingestuft, da immerhin kein Erbrechen. Besser als Samenbank. Check, check, double check. Und gleich im Geist ein Gütesiegel drauf.

2
Einigkeiten, Uneinigkeiten und ein Heiratsantrag

Dann also weiter in der Handlung. Zoom, nein, halt mal, Halbtotale. Wirkt immer besser. Er, der Herr Papa, gar nicht mal so klein, sie, die Frau Mama, hingegen schon eher, flanieren Hand in Hand über den Boulevard of Dreams. Klassisch, er Bogart, sie Bacall, wahlweise auch andersrum. Viel besser als *Vom Winde verweht*. Wie aus einem Bilderbuch oder den späteren Heile-Welt-Perfect-Life-Facebook/Instagram-Profilen (als es diese noch gab, bevor dann der große Netzwerkgau kam). Arno Klieber, wie der Kleiber, nur mit umgedrehtem »ei« und nur wenn der Chef höchstpersönlich ihn so (falsch) anspricht in Vergebungslaune, und Agathe Trottning nun bereits gut elf gute Monate zusammen (kleinere Querelen natürlich, nichts Ernstes allerdings) und erneut triumphiert der Uraltspruch: Auf jeden, aber auch wirklich auf jeden Topf passt ein, aber eben auch nur *ein* Deckel. Schenkelklopfer, total.

***

Intermezzo (Kleinere Querelen)

»Wo hast du denn ...? Du hast doch nicht etwa ...?«

»Ich hab *gar nichts* ...«

»Du hattest doch letztens noch ...«

»Ganz sicher nicht ... Da musst du dich irren.«

»Ah ja, da haben wir's ja. Schon gefunden, Glück gehabt!«

»Was soll denn das wieder heißen?!«

»Äh – nichts, nichts. Lass uns kuscheln ...«

»Nein, ich will jetzt nicht.«

»Ach Gott. Jetzt bist du wieder sauer, wegen nichts und wieder nichts.«

(Und so weiter und so fort.)

***

Ansonsten, das fällt ihnen gleich bei der ersten Begegnung auf, ergänzen sich die beiden ganz fabelhaft. Seit einem Monat sogar schon die erste gemeinsame Wohnung. Man teilt nun also Bad und Tisch, Bett und Meinung.

Gesprächsthemen, bei denen ihre Ansichten vollkommen identisch sind:

»Am allerschlimmsten sind doch aber immer noch diejenigen, die vor einem auf einer menschenleeren Straße trotten und mit ihren ungeheuren Plattfüßen dabei ausgerechnet immer in die Richtung schwenken, in der man grade zum Überholen angesetzt hat.«

»Genau!«

»Und das Ganze kann sich dann schnell mal über mehrere Minuten hinziehen!«

»Grausames Spiel!«

»Oft wird dieselbe Art von Menschen auf restlos überfüllten Bürgersteigen magisch von Schaufenstern angezogen. Urplötzliches Stehenbleiben, unberechenbar.«

»Unvermeidliches Auflaufen der hinter ihnen Gehenden.«

»Exakt. Furchtbar und gefährlich noch dazu.«

»Als würden sie nachdenken, über Weltbewegendes.«

»Und dann schaun sie auch noch verdutzt drein, wenn's gekracht hat oder man um Haaresbreite grade noch so seitlich vorbeistreifen konnte.«

»*Warum haben es denn schon wieder alle so eilig*, scheinen sie dann sich und die Welt mit ihrem pikierten Blick zu fragen. *Stress macht doch bekanntlich krank.*«

»Und meist, Stereotype hin oder her, sind es die älteren Herrschaften und am allerhäufigsten die alten Damen.«

»Diejenige Sorte von alten Damen, die im Winter mit ihren dicken Pelzmänteln und -mützen, ihren gedrungenen Körpern und ihrem humpelnden, übertrieben stapfenden und ungeraden Gang wie Trolle wirken.«

»Du sagst es!«

(Und beide denken unweigerlich an die eigene Mutter.)

Der Beweis – absolute Einigkeit!

Weiter in der Dramaturgie. Totale:

Hat er? Ja, er hat ihn, hat einen, hat in seiner echten Hosentasche einen Verlobungsring, hat ihn da versteckt. Weiß sie's? Nein, sie weiß es nicht, hat keine Ahnung. (Kühle Brise von scharf rechts zieht auf – schnell den Pullunder übergestreift!)

Haare zu einem Zopf gebunden, bei ihr – aus seinen kann man nicht mal mehr eine Frisur machen. Männer mit Haarausfall sind potenter, hört er mal irgendwo. Gut so. Kinder? Ja, Kinder sind ein Thema, zumal sie ja Psycholinguistin für Kinder mit Zahnspange und so weiter, zumal sie ja schon Mitte dreißig – höchste Zeit also, folgt man dem gesellschaftlichen Druck. Ich scharre schon in den Startlöchern. Das sich jetzt bitte nicht zu sehr auf der bildlichen Ebene ausmalen.

Entgegen der Konventionen wollen beide ohnehin nicht leben. Viel zu aalglatt verlief die elterliche Erziehung. Genauso glatt würden sie auch selbst erziehen, eines Tages, wenn ihm was auskommen sollte und ihr dann auch. Jaja, und es wurde dann doch irgendwie ganz – aber ich greife vor. Unart. Wahrscheinlich die Nerven. Weiter also …

Heirate einen Reichen, dann passt's, sagen ihre Eltern. Heirate ja eine Anständige, meinen seine. Anständigkeit ist ihm in der Tat wichtig. Nicht über Unanständigkeiten lachen. Grinsen oder schmunzeln tut es auch. Reichtum, oder jedenfalls der Verdacht davon, ist ihr einigermaßen wichtig. Arno Klieber ist wohlhabend oder zumindest auf bestem Wege, es zu werden. Er liebt Geld, sowohl das Wort als auch die Tat. »Gelt«, wie schön, aus dem Althochdeutschen stammend, und das, wo doch die meisten Menschen damals um so viel ärmer waren als er jetzt.

Hätte sie genauso gelernt, ihn zu lieben, wäre er nur ein kleines bisschen ärmer gewesen, oder noch mal 'ne ordentliche Nummer ärmer, oder richtig arm, oder vollkommen mittellos, oder komplett pleite und verschuldet hoch zehn, fragt sie sich wagemutig. Ganz sicher ist sie sich gewiss nicht, aber egal, wie man es dreht und wendet, er ist und bleibt eine gewisse Sicherheit! Noch keinerlei Anstalten in Richtung Gemütsschwankungen, Irrsinn oder messianischer Berufung.

Er schlägt – sie fest an der Hand – den Weg zu ihrem gemeinsamen Lieblingsplatz ein, dem Platz, an dem sie einander das erste Mal küssten und von dem sie dann zu ihm nach Hause gingen. Und schon sitzen sie (Liebesnestalarm!) da, auf *ihrer Wiese* und trotzen der Angst vor Grasflecken – unglaubliche Draufgänger! Sie wendet ihren Kopf, schwanengleich, rechts – links – Manöver – Combo ... Er, erregt, er regt sich, steif wirkend, wühlend in der echten Hosentasche. Da! Er zaubert den angesprochenen Ring hervor, der Schlingel, der. Hochroter Kopf. Der Oberschenkel juckt. Ein magischer Moment, den sie erst erfasst, als er stammelnd die zauberhaften Worte *Willst du? Du willst! Du! Frau! Heirate mich!* nachschiebt. Er schwitzt, zu heiß, zu ungewohnt die Situation. Sie schnieft, Rührung plus Birkenallergie, und der Etikette folgend antwortet sie: *Ja, ich will! Dich! Mann! Heiraten! Also, ja, ich will dein Mann, also ... ich will, mag, dass du mein Mann wirst!*

Jetzt müsste man sich fast setzen, täte man's nicht ohnehin schon. Arno Klieber, der beinahe gemachte Banker, der Hecht im Karpfenteich (sagt man so?) und Agathe Trottning, die studierte Psycholinguistin, die für ihr Leben gern Kindern das falsche »s« und das »b«-statt-»p«- beziehungsweise das »k«-statt-»g«-Sagen austreibt, werden heiraten! Den Akt haben sie notabene schon des Öfteren vollzogen (von wegen für die Ehe aufsparen, höchstens Geld) – noch aber bin ich nicht in Aussicht, weil immer brav Verhüterlis verwendet werden, solange man noch in »wilder Ehe« lebt.

Und ab geht's Hand in Hand in Richtung Fluchtweg, Ausgang, Exit, ins traute Heim, wo man also bald zusammen ein Ehepaar sein wird. Symbiose pur. Dann wird alles gemeinsam gemacht: Eingekauft (»Bananen für dich und Bohnensuppe für mich, Schatz!« – »Fein.«), sich ausgezogen (»Die Hose brauchst du doch jetzt nicht mehr!« – »Du dein läppisches Hemd aber auch nicht!«), getratscht (»Hast du das von den Schmidts gehört? Anscheinend Endstadium bei ihm und Anfangsstadium bei ihr!«), eingebildet (»Glaubst du, dass ich abgenommen hab?« – »Ja, da bin ich mir ziemlich sicher. Und glaubst du, dass mir wieder Haare wachsen ... schau da, genau da?« – »Wow, ja, sieht echt so aus! Hach, wir zwei werden immer hübscher, sag ich dir.«), aufgebaut (»Reichst du mir mal bitte den Kreuzschraubenzieher?« – »Welcher von den beiden ist das?« – »Keiner! Das sind Zange und Gartenschere!«), angerufen (»Hallo, hier Graf Porno von Penis! Ist hier die schönste Frau der Welt?« – »Da müssen Sie sich leider verwählt haben, Herr Graf, hier spricht Mademoiselle Agathe de Trottning!«) etc. pp.

Am Tag des Heiratsantrages hat man (naturellement) Sex. Er fragt sich, nach dem Beischlaf im Badezimmer stehend, warum man im Laufe seines Lebens annähernd einem Dutzend Menschen ähnlich sieht. In praktisch jedem Jahrzehnt jemand anderem. Als Kind sah er Bud, dem jüngeren der Brüder aus *Flipper* ähnlich, als Jugendlicher dann einem jugoslawischen Schlagersänger, dessen Namen er vergessen hat, nun sieht er aus wie sein Onkel Emmerich, der vor drei Jahren verstorbene Bruder seines Vaters. Als dieser noch lebte natürlich.

Und Agathe, die sich in die Bettdecke kuschelt und deren Augen schimmern wie Nordlichter, erinnerte ihn heute schon zum zweiten Mal an diese Schauspielerin, die im Streifen *Das Piano* die Klaviertasten zurücktauschte, herrjemine, wie hieß sie noch gleich, immer die Namen von all diesen – ach ja, richtig, Holly hieß sie, Zurückhol-Holly, an Holly Hunter erinnert sie ihn.

Frau seiner Träume – Mutter seiner dereinstigen Kinder – Hüterin seiner irregeleiteten Haare.

Sie beobachtet ihn durch den Türspalt. Kein Adonis, fürwahr. Dünn ist er, die Rippen scheinen aber immerhin intakt, jedenfalls vollzählig vorhanden. Vereinzelte, beinahe versprengt wirkende Brusthaare ... Aber gut. Zu ihr. Für sie. Vor allem hat er keinen Sprachfehler. Und sogar eine ganz außergewöhnlich schöne Stimmfärbung (die mir vererbt werden wird).

Wie er so dasteht und sich einen schöneren, kräftigeren Körper wünscht. Sie kann seine Gedanken lesen, erkennt seine Blicke.

Frau seiner Gedanken. Mutter seines zukünftigen Kindes. Bewunderin seines original Spargelbodys. Manchmal spielt das Schicksal eben so. Genauso gut, ebenso hätte sie bei jemand ganz anderem landen können ...

Arno Klieber, mein zukünftiger Herr Papa, wird nun auch einer jener Männer, die für ihre Frauen Sitzplätze in öffentlichen Verkehrsmitteln erspähen und erobern, sie ihnen vermeintlich gentlemanlike anweisen, immer schön fensterseitig natürlich, der Mann selbst sitzt evolutionär bedingt gangseitig, damit man auch ja oder zumindest mit höherer Wahrscheinlichkeit fein raus und aus dem Schneider ist, falls mal ein Scharfschütze durch die Scheibe ballern sollte oder das Verkehrsmittel entgleist oder umkippt. Die Statistik besagt: viel größere Überlebenschancen auf der Gangseite. An so was denkt Arno aber naturgemäß nicht, noch nicht.

Countdown
54 Minuten

Kommt von »Geschwulst« eigentlich »schwülstig«? Ein Schreiberling sollte so was doch wissen! Na, dann schauen wir halt mal nach. Ich zücke den Pocket-Telefon-Computer, der einem das Wissen abnimmt.

> schwülstig: übertrieben feierlich, durch Schwulst
>   gekennzeichnet (übertragene Bed. ab 18. Jh.)
> Schwulst: etwas, das überladen, bombastisch wirkt

Okay, kurzum: Sehr wohl verwandt, hochgradig, schon weil im Mittelhochdeutschen *swulst* und *geswult* (je abgeleitet von *swellen* = schwellen) zunächst gar gleichbedeutend (für »Schwiele/Schwellung«) – alles klar, aber *übertrieben feierlich* ist mir natürlich im Moment dennoch nicht zumute.

Egal. Ich liege zumindest grandios in der Zeit. Habe die ersten wichtigen Stationen, hoffe ich, einigermaßen ordentlich erzählt und abgespult. Der Leser kennt sich also so weit bestens aus.

Die Türe geht auf. Eine schwülstig aussehende Ärztin oder Krankenschwester (sie trägt Weiß und wirkt irgendwie wichtig) mit übermächtigen Oberarmen gehetzt raus. Allerdings, je unwichtiger die Leute sind, desto gehetzter wirken sie, weiß man ja. Blicke kreuzen sich. Ich nicke. Sie sieht mich an. Etwas sinnentleerter Blick. Dann nickt sie auch. Nickduell. Ich verliere. Wie ein Wackeldackel ist die. Schluss mit lustig. Sie setzt den fragenden Blick auf. Ich also, heiser wie Nachbars Bello:

»Klieber – guten Tag! Ich warte auf meine Befundbesprechung. 15 Uhr.«
»Wie, was?«
»Klieber! Grüß Gott! Ich habe um 15 Uhr einen Termin hier. Ich warte.«

»Ach so! Sagen Sie das doch gleich! Bei wem die Besprechung?«

»Spendel!«

»Wer? Spindel? Kenn ich nicht! Ich glaube, da sind Sie falsch! Das hier ist ein Krankenhaus, Spindeln finden Sie hier keine, da müssen Sie in ein Haushalts... – ach Moment, Sie meinen Frau Dr. Dürr ...?«

»Nein, ich meine nicht Dürr, nicht Frau Dr. Dürr, ich meine Herrn Dr. Spendel, Spendel mit zweimal *e* wie *Elefant*, nicht Spindel wie *Igel*.«

»Ach, Professor Spendel! Warum sagen Sie das denn nicht gleich und erzählen mir was von einem Igel?! Herr Professor Spendel ist aber erst um drei hier, der operiert gerade!«

»Ja, ich weiß!«

»Ach so! Na also – aber warum sind Sie dann jetzt schon da?«

Ungläubiger, fragender Blick auf ihre Armbanduhr. Mir ist danach, die Situation etwas zu entspannen. Da hilft oft ein kleiner Witz.

»Ich genieße die lauschige Krankenhausatmosphäre.«

Sie glotzt wieder. Entgeistert.

»Na Sie sind mir ja ein Vogel, unglaublich!«

Ja, tatsächlich verwendet sie das Wort *Vogel*, was mich doch einigermaßen irritiert. Dann entschwindet die Gute leichtfüßig – Quatsch, kein bisschen, in ihren Birkenstocks ginge das gar nicht. Sie *stapft,* als wäre der Boden uneben. Stapft wie Dr. Caligari persönlich in dieser uralten Filmperle ...

Oje, blöd gelaufen, unglücklicher Auftritt, das eben. Super souverän geblieben, eigentlich, aber sehr sicher dennoch keinen guten Eindruck hinterlassen und meinen Patienten-Einstand gleich mal kolossal verpatzt.

»Achtung, alle in Deckung, da hinten kommt Klieber, der Igelschwätzer!«

»Ach, Sistah Reenee, seien Sie doch nachsichtig, der Mann war mal Schriftsteller, die ham doch alle 'ne Meise. Einfach

quatschen lassen und zur Not machen Sie von Ihren Ohros Gebrauch, das kennt er schon und juckt ihn gar nicht ...«

Wo war ich? Ach ja, im Krankenhaus – ach nein, bei der Hochzeit meiner Eltern, als die noch nicht wussten, dass sie meine Eltern werden würden. Ach du liebes bisschen! Warum habe ich nicht gleich mit meinen zwei Lieblingsurahnen, Frau Homo Erdmute und Herrn Homo Erwin Erectus, begonnen – beziehungsweise bei Adam und Eva angefangen?! Aber halt – keine aufgewärmten Fake News! Fake News hatten wir genug!

3
Abschied vom gehemmten Dasein

Aufblende (erneut)

Tags darauf: Arno Klieber geht mit seinem allerallerbesten Freund, dem Frauenhelden und Leider-nicht-Pornostar Josef Safranski, kernig, blond und (obwohl im Laufe der Jahre ein *z* verloren ging – Skandal und immerwährender Fluchgrund: »Takie gówno! Tak wielkie gówno!«) polnischstämmiger als praktisch jeder andere in der Gegend, in die Stammkneipe *La Parisienne.*

»Du ... [längere Pause, die dem Spannungsaufbau dienen soll] ... sie hat ›ja‹ gesagt! Jetzt werd ich Ehemann!«
Safranski, dem Schwerenöter (er scheut die Ehe wie der Teufel das Weihwasser) stößt beinah das Frühstücksbier auf. Er verkneift sich ein »No way!«, klopft Arno amikal auf die Schulter und meint: »Na super. Dann heiratet der Klieber also. Ich werd ja hoffentlich Trauzeuge. Natürlich werd ich.« Klieber nickt – abgemachte Sache! Safranski darf außerdem den Junggesellenabend ausrichten. (Aber bitte ja nichts anrichten!)

Agathe Trottning telefoniert indessen mit ihrer Frau Mama (manchmal, früher jedenfalls, auch Mutti, Muttl, Mamsch, Mamilein oder Mutterhorn genannt). »Ich bin so glücklich, Mutter!«, meint das Fräulein Tochter euphorisch. Dezente, leicht gespielte Freude am anderen Ende der Leitung. Fast wie damals beim Bratschenkonzert.

»Wenn du, Tochter, glücklich bist, dann ich auch.«

»Bitte auch Papa mitteilen!«

»Gut ...«

Gefälliges Brummen und Grummeln im Hintergrund. Insgeheimes Durchspielen diverser Weltuntergangsszenarien – aber wenigstens wäre der greise Geografiepauker endgültig Schnee von gestern.

Karte noch schreiben an Frau Schwester Antonia, wie erwähnt neun Jahre älter – viel gespielt wurde da in der Kindheit nicht. Und jetzt: Ewig nicht mehr gesehen, weil zweifach geschieden in USA lebend. Aber wenn eine heiratet, muss die andere natürlich informiert werden, das war zweimal andersrum nicht anders. Klar? Klar! Arno als Einzelkind muss so was nicht. Vielleicht imaginären Bruder mit extraterrestrischen, unaussprechbaren Lauten im Namen? Keine Beweise dafür ...

Verabredung zum Mittagessen unterwegs. In einem Bistro gibt's Fondue, zum Nachtisch Kuchen. Dieses Essen ist meinen Eltern noch Jahre später, als ich längst Weltenbürger bin, präsent. Unterleibs- und Bauchschmerzen. Barde Arno trägt seiner käsrührenden Holden ein Liebesständchen vor, nicht gesungen zwar, aber extra und eigens selbstgedichtet im Schweiße seines Angesichts. Sie – ganz verzückt und erquickt. Herzchenaugenalarm! So viel Romantik, der reinste Sprechdurchfall, wird es danach nie wieder geben.

And one day
I met you
I fell in love

With her beautiful hair
And her voice
And her name was Agathe
Like my former teacher's name
Who taught me in biology
And I'm totally mad about her
Since I met her at the supermarket
Next to the ananas
And the onions
Which always make me cry
Tandarei tandarei ...

Junggesellenabschied Arno Kliebers. Safranski hat alle zusammengetrommelt. Eine Horde von Männern – einige kennt Arno noch nicht einmal –, größtenteils Familienväter, bierbäuchig, glatzköpfig, unrasiert, stinkend, spitzbübisch, allesamt für diesen einen Abend (nochmals) letztklassige Sexisten, die grölend in einer Nacktbar das Personal hochleben lassen. Gejohle. Affenrufe. *Zicke zacke Hühnerkacke – show some titties!* Safranski hat T-Shirts bedrucken lassen: »Arno goes Ehe!« (Und sicherheitshalber auch gleich noch Varianten mit »Ehe killed Arno«, »Arno and his midget«, »Arno's most terrible mistake!« und »Arno should fuck another bitch«, aber das muss der Bräutigam natürlich (noch) nicht wissen.)

Der schlimme, schlimme Arno trinkt zu viel. Vier Bier, einen Wodka und ein Soda-Zitrone. Skandalös! (Wie konnte es nur so weit kommen?) Ein Säufer vor dem Herrn! Nach drei Stunden parkt sein Brustbein am WC-Sitz und er erkundet die Untiefen der Klomuschel. Böse Erinnerungen an den ersten Vollrausch werden wach, obgleich sie vage bleiben. Der Rest feiert draußen unbehelligt weiter.

Agathe verzichtet auf solch einen »Abschied« im größeren Rahmen, auch weil sie eine sogar noch überschaubarere Anzahl an bekannten Freunden und innen und freundlichen Bekannten hat als Arno. Sie macht stattdessen einen winzigen »Mädelsabend« mit Wein und Briochebrötchen sowie Knabberstangen mit Salzstreuseln, die, schon nach kurzer Zeit zur Neige gehend, rasch zum unausgesprochenen Highlight des Abends avancieren.

Briochebrötchen oder Knabberstangen mit Salzstreuseln kann Arno jetzt nicht gebrauchen. Ruhe hingegen schon. Nein, ein Partytiger ist er wirklich nicht. Und obwohl der Schädel schon jetzt brummt wie ein hochgescheuchtes Hornissennest, hat er nicht vergessen, dass da noch eine Hochzeit ansteht. Ob es tatsächlich schon Junggesellenabschiede gegeben hat, die darin endeten, dass die Ehemänner in spe sich das Wissen um die Existenz ihrer Zukünftigen leibhaftig weggesoffen haben, fragt sich der – noch immer und immer mal wieder – speibende Klieber. Falls ja, tangiert's ihn nicht die Bohne. Denn Braunkraut bleibt Braunkraut und Brautkleid bleibt Brautkleid!

4
Es wird geheiratet

Feststeht: FEST STEHT. Der Tag ihrer Hochzeit ist ein gar schöner. Photoshopqualität. Das jedenfalls sagen mir meine Eltern später, jeder so für sich, also muss es wohl stimmen. Die entlegenen Rosengärten bieten eine bezaubernde, einladende Naturkulisse. Der strahlend blaue Himmel thront majestätisch über den Häuptern der eintreffenden Gäste. Hier und da zieht, ebenso vorbildlich, ein Wölkchen vorüber. Der Vogelgesang sorgt für angenehme Hintergrundklänge.

Agathes Schwester, Tante Antonia (in Übersee nur Toni Barrington), die ich so selten sehen werde, dass ich sie (plus Anhang) beim Aufzählen der Verwandtschaft praktisch durch die Bank weg vergesse, hat (»So sorry!«) den Flug verpasst und schickt noch rasch per Telefon ein »Hi!« und ein »Toi, toi, toi« aus Ohio rüber und vermeldet, *Bush* sei *such a sweety*.

Gemäß meiner zukünftigen Frau Mama Agathe Trottnings ausdrücklichem Wunsch wird die Zeremonie im Freien abgehalten, offen vor Gottes wachsamen Augen sowie denen zufällig vorbeispazierender Freizeitspanner und innen.

Arno Kliebers Eltern und Agathe Trottnings Eltern begrüßen einander. Händeschütteln. Man sieht sich erst zum zweiten Mal und schon ist man verwandt. Ein kalter Schauer läuft da allen den Rücken runter. Wer hat überhaupt die höhere Frisur? Mama Klieber, ledige Zumtobel, oder doch Mama Trottning, mit dem schweinischen Mädchennamen Hart. Hertha (in trendigem Beige) vs. Heide (deren ambitioniertes Outfit böse Zungen als »Laubblazer« bezeichnen). Und wer hat – Kernfrage der Genealogie! – den kräftigeren Händedruck und damit mehr Ei in der Hose? Papa Klieber, der Bingostar, oder doch Papa Trottning, der leidenschaftliche FAZ-Sammler? Reginald gegen Burkhard: das Duell der Giganten, Krampfadern + Thrombose contra Säuferleber + saurer Magen! Floskeln folgen, nervöse Witzchen – dann die schnelle Verabschiedung, weil man doch zwei Reihen getrennt voneinander sitzt und sich, da es ja jeden Moment losgehen könnte, schon beeilen muss!

Das ist der schönste Tag meines Lebens, denkt Agathe Trottning und sieht sich ihre zitternden Hände an. Im äußersten Winkel des rechten Auges steckt sogar eine Träne – die sich allerdings noch bitten lässt ...

Das ist der Anfang vom Ende deines Lebens, flüstert Trauzeuge Safranski dem schwitzenden Bräutigam zu – der das Frisieren endgültig aufgegeben hat –, aber der zeigt sich davon unbeeindruckt und kramt stattdessen, zusehends beunruhigt, in seinen Hosen-, Sakko-, Hemd- und Westentaschen.

Wo sind denn die ... Du hast doch wohl hoffentlich ...?
Hast du vielleicht ...?
Nein, woher denn?
Also falls doch, dann ...!

Drohst du mir? Du? Mir?
Ah. Da sind sie ja. Puh, Glück gehabt!
Das kannst du laut sagen!

(Beide zusammen, jeder nur so für sich.)

Die Festgäste sind vollzählig. Il Chefe von Klieber, Doktor Mauthner, samt Happy Family. Ehefrau Grete, geborene Fisch (ja, tatsächlich, die Fisch Grete), mit prallvollen Lippen, aufgespritzt offenbar, Schlauchbootstyle. Des Weiteren die *nicht ganz so sehr* ins Auge Springenden: Hochgesteckt – toupiert – Glatze – fett – vollschlank – knochig – Hosenstall offen – Ausschnitt viel zu tief – Ausschnitt nicht tief genug – kein Ausschnitt – hochgeschlossen – schwanger – nicht schwanger – Nonne – Nonne? Ach ja, seine Tante, die da in ihrem schwarzen Kleid wie eine Nonne wirkt. Den Mund, passend dazu, ganz andächtig zu einem »a« geformt, wie um jederzeit bereit fürs »Haaaaaallleeeeeelujaaaaaaaaahhh« zu sein – Arno Kliebers Augen wandern ringsum, er klappert die Reihen ab aus medizinisch-pragmatischen Gründen – um nicht zu kollabieren. Es schlottern ihm dennoch die Knie, als er endlich, vom wankenden Safranski begleitet (wohl ein paar kühle Blonde zu viel beim Frühschoppen), zum Pastor kriecht. Dann sie, Agathe, ganz in klassischem Weiß, ihre beste oberflächliche Freundin Anna Giese, genannt *die schöne Giese* oder *die geile Anna* oder *die gertenschlanke Giese*, Kindergartenpädagogin und Promiskuitive in einer Person, ist Trauzeugin. Ein Blick. Mehrere Blicke. Seitenblicke. Augenblicke.

Eine wohlgesonnene Rede des Pastors, dann noch rasch die Ehegelübde heruntergehaspelt, die beide persönlich mehr oder minder wortwörtlich aus den Weiten des WWW hervorgefischt – und in der Sekunde des Ablesens bereits Gott sei Dank schon wieder vergessen – haben.

Und dann die zwei Fragen aller Fragen.

»Willst du, Arno Klieber, die hier anwesende [...]?«

»Ja, ich will, mit Gottes Hilfe!«

»Und willst du, Agathe Trottning, den hier ebenfalls anwesenden [...]?«

»Ja, und wie, ich will – mit Hilfe!«

Es ist also eine Will-will-Situation und so werden meine zukünftigen Eltern Mann und Frau, Angetrauter und Angetraute, Gemahl und Gemahlin, Ehegatte und -gattin. (Ach, daher kommt also *begatten*.)

Küssen, trocken. Schluchzen, nass. Ergriffenheit und Heiterkeit. Tanz und Gelage im mittelgroßen Festzelt.

BREAKING NEWS: Schlimmer Schlingel Safranski geht auf Tuchfühlung mit geiler, gertenschlanker Giese.

Wie kam es dazu? Kurz-Exkurs:

Wenn sich Safranski und Giese während der Zeremonie ansehen, dann ist das gerade so, als starrte man jemanden doppelt und dreifach und dreifach und doppelt an und als ob man nicht nur aufs Äußere, sondern tatsächlich sogar bis tief in die Seele starrte. Giese starrt gerne und viel, aber niemals starrt Safranski sie gleich oder ähnlich an und niemals hat sie das Gefühl, dass sie ihn gleich oder ähnlich anstarrt. Beide starren sich also unähnlich an. Genau genommen starren sie auf mehrere verschiedene Arten. Es ist zumeist – und erfreulicherweise unisono – ein Starren der puren Lust, warum also noch lange fackeln und weiterstarren und nicht gleich zum Naheliegenden übergehen?

Drum folgerichtig zwangsläufig der sich anschließende Coitus intensivus hinterm erstbesten Gartenhäuschen.

Gegen 21 Uhr die spaßige Brautentführung, ein alteingesessener Brauch, dämlich ohne Ende, aber mit hinreichend Alkohol im Blut gerade noch erträglich. Arno Klieber husht durch die abendliche Stadt. Es gilt die Abhandengekommene, die ihm Entrissene wiederzufinden, ob er will oder nicht! Klieber erhält hierzu gütigerweise Warm-Kalt-Hinweise von Agathes Cousine Regine, freilich akustisch vermengt mit einem immer wieder aufbrandenden Dauergekichere der paar wenigen, in Arnos Augen/Ohren aber immer noch viel zu vielen Freundinnen. Safranski verkümmert unterdessen besoffen in einer Ecke des mittelgroßen Festzelts und hat böse, böse Träume, zu denen der schwarzgekleideten Tante, die gottlob glücklicherweise längst aufgebrochen ist, nur noch ein dreifaches »aaahhh« hätte entfahren können.

»Mutti, schau mal, der komische Mann da hat 'nen Ständer«, bemerkt Henry, der zwölfjährige Sohn der darüber nicht ganz so glücklichen Mauthners.

»O mein Weib! Mein Weib, wo bist du?«, wehleidet, schon brutal auf Brautentzug, mein späterer Herr Papa, der diesen ganzen Brauch nun doch entschieden »nur noch zum Kotzen« findet. Irr-gendwie will er ihn zwar, hat er beschlossen, noch zu Ende bringen, der Ordnung halber Agathe ausfindig machen, danach aber ohne Umschweife und Tamtam mit dem Schädel voran ungebremst in die nächstbeste Betonwand rennen!

Tatsächlich übergibt sich zur etwa gleichen Zeit der gerade hochgeschreckte Safranski, der sich, noch etwas benebelt, wundert, was für Zeug er da offenbar – wohl schon im Halbsuff – in sich hineingeschaufelt haben muss.

Agathe, die spätere Frau Mama, hält sich gut versteckt. Mit der gertenschlanken Anna Giese und der Bekannten Uschi Hutterer (die früher auch die »Huttl Uschi« gerufen wurde und deren Eltern seinerzeit, als man mit der Familienkutsche gen Italien reiste, aufgrund einer chronischen Harnwegsentzündung ganze 43 Mal anhalten mussten, damit Klein-Uschi Pipi machen konnte) schlürft sie Cocktails in einer Bar, gar nicht (ausgerechnet!) weit der Rosengärten. Ihre feinen Öhrchen hören von draußen her ein »Liebes, wo bist du? Dein Mann ist hier ... Mist!«.

Giese nimmt die Braut bei der Hand: »So leicht machen wir's deinem Arno-Gockelchen aber nicht. Auf zur Toilette!« Und schon trippeln sie davon.

Einen halben Wimpernschlag später betritt Arno Klieber verschmitzt, halt, Quatsch, *verschwitzt* die Bar (eh klar, das alte Transpirationsproblem, das wahrscheinlich schon die Urmenschen ihre viel zu engen Höhlen verfluchen ließ). Der Barpianist spielt gerade Percy Sledge's *When a Man Loves a Woman*, diesen Kitsch-Klassiker aus dem letzten Jahrtausend, das Klavier ungestimmt und die röhrende Stimme mit Whiskynote.

Ein Barmann (leider der einzig auffindbare!) mit gezwirbeltem, rotblondem Schnauzbart stellt sich dumm und weiß im Klieberschen Kreuzverhör nichts außer »keine Ahnung« und »könnte schon sein, eventuell, dass da heut *irgendwann mal drei Mädels* waren, möglicherweise – vielleicht – aber auch nicht«.

Arno Klieber verkrampft sich. Angespannter Leptosom. Nicht einmal lächerliche zehn Stunden konnte er seine geliebte Agathe vor allem Unheil bewahren. Solche Kindereien ärgern Sir Klieber, doch noch mehr ärgern ihn dämliche Traditionen wie Brautentführungen ganz allgemein oder Fiaker oder Stierkämpfe mit Schulabbrecher-Matadoren oder Menschen, die ächzen *so war es und so bleibt es, weil es immer so war und so bleibt und so bleiben wird, weil's einfach so bleiben muss.*

Ja, die Ehe macht ihn schon rebellisch, aber er hat ja keine Ahnung, wie sich das alles noch entwickeln wird.

»Lassen Sie die Bartspalterei, guter Mann!«, schäumt Arno in Richtung Barkeeper. Richtig, *so* kann er nämlich auch. Nicht immer nur lieb und freundlich lächeln, sondern auch mal bestimmt auftreten, auch mal mit der Faust auf den Fisch hauen! Immerhin ist er jetzt offiziell Ehemann – da wird er sein »Frauchen« eventuell noch öfter mal verteidigen müssen. Und bald, aber das weiß er eben noch nicht, zeugt er sogar einen Stammhalter.

Da betritt Safranski – nach opulenter Rückwärtsverdauung wieder ganz bumsfidel – im High-Noon-Gang die Bar. Er legt dem heißgelaufenen Buddy die Hand auf die Schulter und verzieht die rechte Ecke der Oberlippe zu einem coolen: »Komm, lass uns dein Weibchen suchen!« (Meinen ersten Rausch werde ich übrigens siebzehn Jahre später an der Seite dieses Haudegens haben.)

Klieber kommen die Tränen vor Rührung. Gemeinsam verlassen sie die Bar und tapsen auf die Straße. Es windet.

»Ob's regnen wird?«

»Ach je – und wenn schon. Du bist jetzt Ehemann, Alter, da hast du andere Sorgen als das Wetter. Also, wo und wann hast du Agathe das letzte Mal gesehen?«

»Auf der Hochzeit!«

»Das macht Sinn. Besitzt sie zufällig irgendwelche besonderen Merkmale?«

»Na ja, sie ist sehr klein für ihre Größe, äh, für ihr Alter.«

»Wie groß genau?«

Erneut durchfährt den ansonsten so friedliebenden Arno ein Blitz blanken Zornes.

»Willst du mich verarschen, Josef? Ich find den ganzen Schwachsinn sowieso sinnlos, und außerdem bin ich schon seit Stunden viel zu aufgekratzt, um jetzt hier noch ewig durchs Nachtleben zu ziehen und nach einer ›Braut im Brautkleid‹ zu fahnden.«

»Ach, *Brautkleid* trägt sie?!«

Klieber erwägt, zu einem Faustschlag anzusetzen, aber nein, zu friedliebend – und in diesem Augenblick kommt die Angebetete doch tatsächlich ums Eck gebogen.

»Liebster! Du hast mich gefunden!«

»Klar doch, Liebste! War ganz lustig – hab nicht mal richtig suchen müssen.«

Umarmung. Kuss.

Plural von Kuss.

Lange nach Mitternacht, ganz, ganz lange danach, sind alle erledigt und so nett und gehen heim und das Ehepaar ist glücklich, dass es vorbei ist – aber nicht mit ihnen. *Zahnpasta*-Gutenachtkuss (um die – beiderseitige – Alkoholfahne

zu übertünchen). Die Hochzeitsgäste haben anständig ge-
spendet und Arno Klieber steht noch mal auf und zählt und
hortet. Da wird man sich was Schönes leisten!

5
Do or die!

Zeit für die Hochzeitsreise! Der Unterschied zur Jagdzeit
ist da, aber marginal. Schonzeit ist jedenfalls passé, »do or
die« heißt das Motto. Arno und Agathe und Asien wird es
werden. No surprise! Weil lange schon im Blick gehabt.
Schon als man zusammenzog und bemerkte: »Oh, wir haben
beide Bonsais, wie schön ... Deiner kommt aufs WC, meiner ins Wohnzimmer!«

Arnos Augäpfel wandern behände den Reiseführer der
Serie *Easy go* auf und ab, während Agathe im Schlafzimmer mit Motten und Kleidungsstücken kämpft. Die Bedeutung und/oder Verwendungsweise von Kleiderbügeln scheint
ihrem Neo-Ehemann nicht bekannt. Die Neo-Ehefrau *ent-
nervt sich.*

Ein zünftiger Ruf aus dem Schlafzimmer und Couchkara-
wanenkommandeur Arno »Marco Polo« Klieber wird unsanft
aus seinem meditativen Abgrasen der *777 allersehenswür-
digsten Sehenswürdigkeiten* gerissen:

»Wo hast du ...?«

»Ich hab gar nichts ...«

»Du hattest doch zuletzt noch ...«

»Nein, sicher nicht!«

»Ah ja. Schon gefunden. Glück gehabt!«

»Was soll das heißen?«

»Nichts – nur ein dummer Scherz.«

»Aber ein sehr dummer! Sehr dumm! DUMM!«

Schon bereut sie es, ihm gedroht zu haben. Er soll nur ja
nicht handscheu werden. Arno Klieber wiederum spürt seine
Männlichkeit gleich mal auf wackligen Füßen stehen.

Das schwarze Negligé ist gefunden worden. Unter Arnos Taucherbrille. Die Taucherbrille muss unbedingt mit. *Nicht vergessen, ja? – Nein, ich meine »ja«!*

Japan ist zwar nicht gerade als Tauchermekka bekannt, widersprochen werden sollte aber besser nicht. Männer, siehe oben, sind zartbesaitete Wesen, schon ein falscher Ton kann Tränen purzeln lassen.

Manchmal ist Weibsvolk furchtbar grausam, denkt Klieber, mein zukünftiger Herr Papa, kurz über die geliebte Ehefrau, verzeiht ihr aber schon im nächsten Atemzug. »Du sollst verzeihen deinem nächsten Weibe« – so oder ähnlich lautet doch das 13. Gebot, ist sich der fleißige Kirchvorbeigänger beinah sicher.

Agathe träumt für ihre Zeit in Japan von einem Kimono in ihrer bescheidenen Größe, den sie dann praktischerweise später daheim beim samstagmorgendlichen Staubwischen würde tragen können, damit ihn zum Beispiel die Nachbarn auch mal zu Gesicht bekämen. Himmel, richtig, die Nachbarn müssen auch noch informiert werden, dass *dat seltsame Paar* (der Mann, ein deutschnationaler Proto-Prepper, ist gebürtiger Berliner) jetzt erstens verheiratet ist und zweitens bald verreist gen Japan. Die müssen doch, falls die so was machen, unbedingt die Post entgegennehmen – und die Bonsais gießen.

Ding dang dong und die frohe Botschaft wird von Agathe Trotting-Klieber höchstpersönlich verkündet.

»Watt denn, Wasser wolln Se, in Schapan sind Se? Na, da jehören Se auch hin! Abba nich, dass Se mir krank zurückkommn! Dat brauch icke hier nich.«

Der unansehnliche, unförmige, unrasierte, ungewaschen riechende Mann ruft seine Frau an die Türe, weil so triviale Dinge wie Blumen (schon allein diese Namen: Hortensien! Anemonen! Lächerlich!) oder gar ganze Bäume gießen und Postfach ausräumen macht ein Dirk Hallewall ganz sicher *nicht*. Die Frau, eine eingeschüchtert wirkende, ebenfalls untersetzte, in geruchstechnischer Hinsicht aber neutralere

Erscheinung, piepst schließlich ein kaum hörbares »Gerne mach ich das. Schöne Reise!«.

Meine zukünftige Mutter malt sich aus, wie furchtbar es wohl sein muss, mit einem solchen Haustyrannen verheiratet zu sein. Nein, dann schon lieber einen Pantoffelhelden wie Arno. Der beißt nicht. Noch nicht? Sicher nie, denkt sie so.

Was Arno zu stören beginnt: Kaum ist man in den Hafen der Ehe eingefahren, packt die gute Gerade-Gattin die Dekorationswut. Im Wohnzimmer beispielsweise erhalten der Couchbezug, die Pölster, die Vorhänge sowie zwei vormals weiße Bücherregale und die nordseitige Wand einen spannenden Neongelbtouch. Der Bancchanalienheimkehrer wird wiederholt vor vollendete Tatsachen gestellt.

Agathe, die seit Jahrzehnten sehr unregelmäßig Tagebuch führt, berichtet diesem (in ihrem ersten Eintrag seit längerer Zeit, dem Tag des letzten Beischlafs mit Uralt-Heini Schumann-Walser, um ganz genau zu sein): *Heirat abgeschlossen! Stopp. Eheleben beginnt! Stopp. Zeugungsphase allmählich einzuläuten! Stopp. Japan, wir kommen! Stopp. Fotos machen! Stopp. Noch mehr Fotos machen! Stopp. Zur Hochzeit geschenkt bekommene Bilderalben »Unsere Hochzeitsreise« (drei Exemplare) wollen auch mit Fotos versorgt werden! Stopp. Canon Kamera auch ja einpacken! Stopp. Ja nicht vergessen! Stopp. Arno mal am Kinn kraulen! Stopp. Wieder öfter hier reinschreiben! Stopp.*

Noch ahnt Arno nicht, welch ein Druck bald auf ihm lastet, hat er doch bis dato lediglich seine Frau Mama (durch akkurates Bettenmachen) wirklich nachhaltig befriedigen müssen.

Kubricksche Abblende (in *Herzform*, nichts da mit Full Metal Jacket!)

6
Eine quasi Schöpfungsgeschichte in kurz

Totale. Und das Licht muss passen. Wegen der Dramatik, versteht sich.

Um 02:45 Uhr mitteleuropäischer Sommerzeit, also – weil man ja schon in Japan ist – um 09:45 Uhr japanischer Standardzeit, keucht Agathe auf und rollt sich erschöpft nach links. Arno bleibt somit naturgemäß die rechte Seite. In der Mitte liegt ja auch keiner freiwillig. Hunderte Millionen Spermien schrauben sich nun mit einer Geschwindigkeit von rund 0,0002 km/h durch die weibliche Anatomie. Der Geschlechtsakt dauerte (da würde Safranski nur lachen!) vier Minuten und dreiundzwanzig Sekunden – neuer Rekord für die Frischvermählten und gleichzeitig, aber das wissen sie natürlich noch nicht, Lucky Strike. Keine Zigaretten – Zeugung! Alles geschah also in Japan, vielleicht ein Grund, warum ich Frauen im Kimono ebenfalls gut finde. (Und nicht nur beim Staubwischen!) Natürlich, wie, glaube ich, bereits erwähnt, hatten *es* die beiden auch oft vorher schon, unverheiratet, *getan*, immer aber mit Verhüterlis. Diesmal nicht. Weg frei also für das Spermium, das nun in den kommenden Stunden gegen sämtliche Kollegen und innen das Rennen machen und schließlich mit der weiblichen Eizelle verschmelzen wird.

Ich werde also versehen, ausgestattet mit Klieberschem und Trottningschem Erbgut. Nase, Haare, Ohren, Augen, Tränensäcke, Mund, Kinn (mit leichtem Grübchen), Zähne – alles vererbt.

Nach dem Koitus unterzieht Arno Klieber den rasch aufgesuchten Toilettensitz einer längeren Belastungsprobe. Da ein »normaler« Mann bis zu seinem 60. Lebensjahr etwa 10000 Mal zu ejakulieren hat, ist jetzt erst einmal Rasten angesagt, sagt er sich, während Agathe Trottning-Klieber durchs japanische TV zappt und von Zeit zu Zeit den Kopf schüttelt oder eine Bemerkung wie »Schon wieder 'ne verrückte Gameshow!« fallen lässt. Zwischen gefühlt tausenden von Sendern hat man hier die Auswahl. Und doch wirkt beinahe jeder gleich. Agathe nimmt es immer teilnahmsloser hin, die Müdigkeit sitzt tief, gräbt sich in sie, der Jetlag holt sie wieder ein ... Plötzlich ein penetrantes Singsummen aus der Toilette. *La-le-lu, nur der Mann im Mond schaut zu ...*

»Musst du jetzt ausgerechnet dieses Lied singen? Da wird mir gleich übel.«

»Bin schon ruhig, Liebes.«

»Ich werd mich kurz noch mal hinlegen. Sei leise, wenn du ins Zimmer kommst!«

»Zu Befehl, Majestät.«

»Himmel, was bist du kindisch heute!«

»Sehr, in der Tat!«

»Kein ernstes Wort kann man mit dir reden. Zum Verrücktwerden!«

Arno Klieber fühlt sich tatsächlich renitent an diesem Tag. Es gibt solche Tage, an denen man einfach nicht ernsthaft sein möchte. The Importance of Being Unernst! Die Tage, an denen man sich wieder in seine Kissenburg zurücksehnt, wo man den imaginären Feind mit imaginären Waffen bekämpfte.

Japan an sich genießen die Eltern. Arno, der in der Nacht vor der Abreise im Halbschlaf blöderweise den Reiseführer in der Matratzengrube des heimischen Doppelbettes versenkt und dann schändlicherweise dort vergessen hat, fragt den japanischen Guide Kazuo, der das Haargel auf den Millimeter genau berechnet in den Haaren trägt, oberpeinliche drei Mal nach dem Platz des Himmlischen Friedens.

»Ohhhh no ... You are a veryyyy ignorannnnt pääääson, Mies-da!«, schallt es schließlich, gerade noch beherrscht, ans Ohr des Touristen, der daraufhin die restliche Städterundtour in Demutsstellung verbringt. Es ist die ihm übliche, weil eingeübte Position, die er auch automatisch einnimmt, wenn ein Vorgesetzter den Raum betritt, die Partnerin zum Beischlaf aufruft oder sein Kumpel Safranski ihn auffordert, einen Mojito, obwohl eigentlich Frauengetränk, zu bestellen, ihn in einem Zug zu leeren und dabei aber ja nicht mit der Wimper zu zucken.

Zurück in good old Europe sucht die Bald-Frau-Mama, also eigentlich die Frau Bald-Mama, schnellstmöglich die Frauenärztin ihres Vertrauens auf. Frau Doktor Eilafsson, Ehefrau eines hünenhaften Isländers namens Helgi, dessen Bart nach Fisch riecht und der irgendwas mit Bodenkultur an einer renommierten Universität unterrichtet und in seiner Freizeit gern mal in die Wälder der Umgebung schaut, um Trolle zu besuchen.

Und die sagt zu meiner Frau Mama:

»Nun, Frau Trottning-Klieber, der ... [salbungsvoll] Grund fürs Ausbleiben Ihrer Blutung ist, wenn ich ihn so nennen darf, ein durchaus erfreulicher!«

»Oh! Schon die Wechseljahre?«

»Ähm, nein. Im Gegenteil. Sie [poetisch] speisen jetzt bereits *zu zweit!*«

»Heißt das ...?«

»Richtig. Kein Bandwurm. Schwanger. Sechste Woche.«

Agathe sitzt gottlob, sonst würde wahrscheinlich die Gravitation zum Problem. Aber man habe doch ... bis auf ein-, zweimal vielleicht, Kondome *angebracht* ... und nun *das*. Andererseits, so was komme natürlich in den besten Familien vor ... und außerdem wäre es in sechs Monaten ohnehin ein Wunschkind gewesen, also *lieber zu früh als nie!* Ich spüre schon ein erstes Glücksgefühl, das durch ihren Körper strömt und mich streift.

Der Vater reagiert auf die frohe Botschaft mit weiterem Haarausfall, seine übermächtige Potenz leise verfluchend. Wenn das mal am Ende nicht noch Drillinge werden! Alpträume quälen den Bankangestellten, der sich schon in einem Zweitjob sieht, weil ihn die Rasselbande Geld und seine letzten Nerven kostet. Einmal träumt er von vier Burschen und drei Mädchen, allesamt mit dem blonden Haar, das er nie hatte, immer wollte und um welches er seit kurzem den neuen Postboten, der ihm abends *immer so spät noch* – Moment – halt – Quatsch – unmöglich – schon wieder so ein schwachsinniger Traum, gespickt mit Verschwörungstheorie!

Eine Armada von schwangeren Frauen belagert nun regelmäßig (haha) das Wohnzimmer, oft bis in den Abend hinein. Die Dienstage und Donnerstage ergeben somit keinen Sinn mehr für ihn. Er sieht sich (ihre Babybäuche als Schutzschild einsetzenden) Frauen gegenüber, die noch die kleinste missratene Formulierung (selbst von ihm!) auf die Goldwaage legen und zuhause, ihren ausufernden, selbstquälerischen Berichten zufolge, die er unfreiwillig mit anzuhören hat, wie Furien über die kahlen Köpfe ihrer Männer hinwegfegen. Das Sodbrennen wird zum Hauptthema am Frühstückstisch. In den Ritzen des Badezimmers riecht es nach Puder und anderem. Undefinierbarem. Sorgenfalten. Naserümpfen. Zähneknirschen in der Nacht. Stressbedingt, meint Safranski, der auch meint, dass ihn, also meinen zukünftigen Vater, die ganze Sache mit Sicherheit kaputtmachen wird.

Arno schaudert schon, wenn er ins gemeinsame, nun dreigeteilte Bett schlüpft und dabei, man möchte es sich gar nicht vorstellen, amouröse Gefühle hat. Um sich angemessen auf seine zukünftige Rolle »einzustimmen« und die bis dato nur mäßig in ihm vorhandene Kinderliebe vielleicht doch noch zu erwecken, schleicht er in seinen Mittagspausen in der Nähe von Kindergärten und Schulen herum, lächelt den Kindern zu und gilt gleich als pervers.

»Mutti! Da treibt sich seit ein paar Tagen so ein komisch aussehender Mann mit wenig Haaren rum und grinst mich blöde an!«

»Schatz, ab morgen kriegst du einen Elektroschocker mit auf den Schulweg!«

Mit Safranski auf ein Bier, Ablenkungsversuch. Im Schlepp-tau Nadia – mit *i*, nicht *j* –, die allerneuste, halb so alte, ungefähr doppelt so große Frau an der Seite des besten Freundes. Knallgelbe Haare, hochhackige Schuhe und ein voller, roter Mund, aus dem jedes zweite Wort wie *Anouschka* oder *Petruschka* klingt. Zwei Semester Kommunikationswissenschaften »in der Nähe von Sankt Petersburg«, über die weiteren Stationen ihres bisherigen Lebens herrscht eisernes Schweigen.

Es kommt, wie es kommen muss, Safranski schaut zu tief ins Glas und irgendwann lallt er: »Mein ganss Geld is weg! Und minne Freuin emso – was'n das'n, sowa'sauch?!« Dann sackt er zusammen. Mein zukünftiger Vater, auch schon nicht mehr ganz auf der Höhe, bemerkt jetzt, dass Nadia – mit *i*, nicht mit *j* – von ihrem Gang zur Toilette niemals zurück-gekehrt ist. *Aber – wer wird …* – er bestellt sich noch rasch per Handzeichen ein weiteres (schon das dritte!) Bier, das ihm der Barmann, der ein Namensschild trägt, auf dem *Leif* steht, mit mitfühlendem Blick hinstellt.

Nadia mit *i* und *Portemonnaie* fehlt noch immer, aber, na, na, wer wird denn immer gleich das Schlechteste denken! Vielleicht einfach beim Lippenstiftnachziehen ganz spontan beschlossen, doch noch ein drittes Semester in Kommunika-tionswissenschaften dranzuhängen und nur vergessen, Bescheid zu geben?! Vielleicht zuvor, auf dem Marsch zur Toilette, im Vorbeigehen unglücklich mit den geschnörkelten Fingernägeln an Safranskis Gesäßtasche + Geldbörse geraten und Letztere versehentlich aufgespießt?! Gut möglich, ja, wahrscheinlich, dass Nadia mit *i* ihren kleinen krallen-technischen Fauxpas bald bemerken und Safranskis zweit-bestes Stück noch vor der ersten Grenze, in ein Päckchen getütet, zur Post bringen würde, seine Adresse hatte sie ja. Bis dahin allerdings dummerweise erst mal ein kleiner, vor-übergehender finanzieller Engpass, den Spaßbremse Leif, als die Lichter angehen, trotz der sehr naheliegenden Er-klärung leider überhaupt nicht lustig findet.

»Irgendjemand wird mir die 186 Euro aber bezahlen müssen!«, sagt der Barmann, der mit Sicherheit Sprüche wie *That's Leif* oder *Leif is Leif* oder *Leif sucks* nicht mehr hören kann und auch plötzlich kein bisschen mehr so nett wie noch zuvor wirkt.

Also zahlt eben zwangsläufig Kamerad Klieber, der sich im Anschluss erst mal selbst ausgiebig darüber wundert, dass er beim Ausgehn wider die Gewohnheit eine solche Summe Bargeld bei sich hatte, und danach den von Frau und Geld Verlassenen, wie Freunde es eben tun, noch nach Hause bringt, irgendwie.

Safranski hat sturmfrei, wie immer. In voller Montur fällt er ins Bett und schnarcht wie eine Kettensäge.

Langsam dämmert es. Auch meinem zukünftigen Vater. Dass er jetzt heim sollte, ebenfalls. Also schleicht er sich, los ins *home speed home*, wo dann auch tatsächlich schon die schwerschwangere Frau wartet und dabei beinah so unnett aussieht wie Barmann Leif leibhaftig.

»Ach, der Herr seien auch schon da! Und hackedicht natürlich! Na, das wird ja noch heiter werden! Was für ein verantwortungsloser Vater du jetzt schon bist! Mir wird übel!«

»Mir auch!« (Drei Bier!)

Was folgt, lässt sich leicht raten und für die kurze Restnacht muss der Herr Papa mit der neongelben Wohnzimmercouch vorliebnehmen. Da bekommt man die Genickstarre allein schon vom Hinsehn.

Au! Welcome to Hard Leif ...

7
Spoileralarm: Jetzt komme ich!

Nahaufnahme natürlich. Kamera an. Fans in höchster Ekstase. Live dabei: Ich erblicke locker-flockige neun Stunden nach den ersten Wehen der Mutter, deren kleiner Körper sich auf dem Höhepunkt auf die Hälfte zusammenkrümmt, das elektrische Krankenhauslicht der Welt. Aber, o weh, der kleine Kletus (for the English readers: it is correctly pronounced as »Clay-Tooth«, but with a simple [s] instead of the [th] (»Heroïntee«) at the end), das weiß selbst der anatomietechnisch begrenzt versierte Vater, ist »nicht ganz richtig«. Zwölf Finger, wahrhaftig, zwölf Finger, sechs links, sechs rechts – ja gibt's denn so was, kann das sein?

Kreidebleich, einerlei, ob nun von der Fehlbildung oder der Geburt an sich, nimmt die verschwitzte Mutter den kleinen Sohnemann auf den Arm. Sie setzt ihr breitestes Fujifilm-Grinsen auf, ein Grinsen, das dem Vater Angst macht, keine richtige Angst, mehr ein Sichunwohlfühlen in der Magengegend, weil Arno »mein Name ist Hase« Klieber auch nach all der Zeit, die er Agathe nun schon kennt und ab und an auch liebt, dieses Grinsen (das ich erben werde) nach wie vor nicht einordnen kann. Lachen mag gut sein, Lächeln akzeptabel, aber Grinsen – Grinsen ist unberechenbar, selbst für jemanden, der bei einer Bank arbeitet.

Die gegenseitigen Schuldzuweisungen bezüglich des eigenartigen Sohnemanns denken sich beide Elternteile vorerst noch. *Das kommt sicher aus seiner / aus ihrer Familie. In meiner gibt es so etwas nicht! Was werden wohl die Großeltern dazu sagen?*

Der Arzt, ein junges, wahrscheinlich grade mal dreißigjähriges Bürschchen mit graugrünen Augen – und bereits monumental eingegrabenen Dreischichtturnus-Augenringen (versteckt hinter einer dicken Hornbrille) – sowie blondem Oberlippenbärtchen der Marke *Fremdscham Akut* betritt bald darauf, leicht blass, das Trottning-Kliebersche Zimmer.

Die Eltern starren. Beide. Fast synchron. Vor sich hin. In die Ferne. In die Leere. Nein, nicht, jedenfalls nicht nur wegen des Oberlippenbärtchens, auch wenn dieses nun sicherlich vollends endgültig absolut wegguckwürdig *auf und ab hüpft*, sobald der jungenhafte Onkel Doktor loslegt.

»Verehrte Eltern, meine herzlichen Glückwünsche zum Nachwuchs zunächst! Also, wie Sie bestimmt schon festgestellt haben, leidet Ihr kleiner Stammhalter an P*O*L*Y* D*A*K*T*Y*L*I*E.«

Er spricht es so langsam, laut und deutlich aus, dass den zwei Schockstarrenden ganz warm ums Herz wird. Und weiter: »Polydaktylie, also Vielfingrigkeit an den Händen, also beispielsweise ein Dutzend Finger insgesamt, ist äußerst seltsam – sorry, *selten*.«

Während der nette, jetzt etwas rötlich angelaufene »Onkel Doktor« also durchaus angetan ist, sogar Worte wie *Einzigartigkeit* und *Markenzeichen* in den Mund nimmt, verharren meine Eltern noch ein Weilchen in ihrem ratlosen Mienenspiel.

Arno hat mittlerweile der grausame Verdacht beschlichen, dass die einst in einem Ruck geleerten, ihm von Safranski aufoktroyierten Mojitos daran schuld sein könnten. Agathe ihrerseits denkt an die Tonnen an Haarspray, die sie sich draufgepfeffert hat und garantiert nicht gesund gewesen sein können.

Zuhause forscht der frischgebackene Vater (bei dem die Freude noch immer nicht so recht aufkommen mag) im WWW und stößt dabei auf Folgendes: Der amerikanische Schriftsteller Ernest Hemingway (†1961) beherbergte eine ganze Reihe von missgebildeten Katzen, bekannt auch als »Hemingway mutants«, deren Nachfahren noch heute auf des Autors einstigem Anwesen in Key West (Florida) leben, das jetzt als Museum fungiert. Sein Sohn ein Mutant? Da wird Vater Klieber gleich ganz schwarz vor Augen und übel im Gemüt. Kindergarten, Schulzeit und Universität, sehr wahrscheinlich sogar später noch das Berufsleben, würden zur Tortur, zum ständigen Spießrutenlauf und sein Sohn leichte Beute und ein gefundenes Fressen für alle Pausenhoftyrannen der Welt. Man stelle es sich auch nur mal für eine Sekunde vor: Ein Philosophiestudium mit zwölf Fingern, da würde doch ein Kant in Königsberg im Nachhinein noch glatt vom Stuhl kippen! Andererseits könnte sein Spross das Zehnfingersystem weiterspinnen und so zum internationalen Schnellschreibchampion heranreifen. Schlagzeile: »Mini-Mutant Kletus Klieber bricht Jahrhundertrekord des ›unbekannten nordkoreanischen IT-Technikers‹. Kim-Familie schäumt vor Wut.«

Da kommt doch tatsächlich – egal, wie sehr an den Haaren herbeigezogen auch immer – doch noch ein Funke väterlichen Stolzes zum Vorschein. In der Arbeit würde er die Eigenart des Knaben dann aber doch ganz gern geheim halten. Falls also – was ja fast zwangsläufig geschehen muss – jemand fragen sollte, nach »Frau und Kind«, ob »Frau und Kind okay«, so würde seine naheliegende, nach allen Seiten diplomatische Antwort lauten: »Ja, aber ja, alles bestens … alles perfekt … alles tipptopp … Könnte besser gar nicht sein! Gesund ist die Mutter und noch mehr der Junior. *Er hat meinen Haaransatz.*« Und niemand würde Verdacht schöpfen.

Das Eheleben entpuppt sich als Falle. O weh. Arno Kliebers Konservativismus weicht ganz allmählich einer Gier nach Abenteuern – wobei mit einem schreienden Kinde nun natürlich *jeder Abend teuer* wird. Was für ein billiger, kniebarttragender Gag!

Arno beschenkt seine geliebte Göttergattin (nein, eigentlich weniger aus Liebe denn aus Akzeptanz), als sie mit mir im Schlepptau das Krankenhaus verlassen darf, mit Rosen, gerade beim Floristen erstandenen. Weißen, roten und, ja – man mag es nicht für möglich halten –, auch gelben. Wunderwerk der Natur. Agathe nimmt sie zur Kenntnis. Kopfnicken. Wohlwollender Blick. Sie steckt sie daheim in eine Vase, stellt sie wortlos neben den Wohnzimmer-Bonsai und widmet sich gleich darauf dem nächsten, dringend benötigten Stillvorgang.

8
Alles nimmt seinen Lauf

Mit Doktor Mauthner, dem Vorgesetzten, seines Zeichens frisch getrennter Ex der Schlauchbootlippenlady, geht er abends in einen angesagten Club. »Eingeheizt« wird dieser von halb- bis vollnackten Damen, die auf einer Bühne in Deltoidform zu eingeweichter Softpopmusik (ganz im 80er/ 90er-Rick-Astley-Retro-Stil) tanzen, bei gleichzeitig teuren bis sehr, sehr teuren Alkoholpreisen. Wer dort als männlicher Gast einen Cocktail bestellt, bekommt gleich ein gratis Damenaugenzwinkern plus noch ein Gläschen galligen Wodka dazu. Der Chef ist in ultimativer Strohhalmstimmung.

»Nun trinken Sie, mein lieber Klieber ... Nicht so zaghaft, lieber Klieber ... Hopphopp, na wird's schon, lieber Klieber!«

Er schwadroniert vom baldigen Aufstieg Arnos, den er aber nicht allzu lang Arno, sondern bald, nach dem ein oder andern Drink, Ando, Andi, Anadu oder Anno nennt. Tüchtig wie er sei, der liebe Ando, stehe ihm Großes ins Haus. Klieber hört nur halb zu. Rick Astley + das Stammpersonal (+ das Ambiente überhaupt) machen ihm schwer zu schaffen, *concentrazione problema*, und zwar *massiva* sogar. Und bei *Großem im Haus* denkt er automatisch an die Gestanksheimsuchungen seines Juniors, Klein-Kletus.

Über dreißig Jahre seines Lebens war er zumeist unbeweibt und kinderlos, nun hat es ihn auf der ganzen Linie erwischt. Während sein Boss, längst auf einem Level, auf dem er sich Fremden nur noch als »Dr. M«, »Doc Maudee« oder »Doggy Maumau« vorstellt, mit einer jungen Frau, die in seiner Sprache nur *Ja, Schatz* und *Njet, Schatz* sowie *Ich Ruslana* und *Du reich? Du Frau? Du schene Mann!* sagen kann, die Tanzfläche unsicher macht, stiert Arno lustlos auf seinen Green Mamba und erinnert sich, dass man für morgen einen Termin im Krankenhaus verabredet hat.

9
Finger, Narben und ein Foto

Kurzum, meine Einzigartigkeit in Form meines genetisch generierten Markenzeichens (was hätte ich damit nicht in der Tat noch schneller meine Bücher abtippen können!) missfällt meinen Erzeugern dann doch aufs Entschiedenste. Zu schlimm, einen Mutantensohn zu haben. Nach sechs Monaten, zum aus medizinischer Sicht frühestmöglichen Zeitpunkt, werden mir also meine Zusatzfinger entfernt. Schnipp, schnapp, harte Bandagen. Schade, ewig schade. Aber so spielt das Leben! Die Narben sind längst verblasst. Im Sommer scheinen sie noch hin und wieder auf. Anklagend. »Warum wolltest du sie nicht haben?«, meine ich sie dann fragen zu hören. »Warum müssen *wir* jetzt hier sein?« Und ich antworte, ebenso innerlich natürlich (man soll nicht öffentlich zu seinen Fingern oder Exfingern sprechen, das ist dem kleinen Danny Boy aus *Shining* auch nicht bekommen): »Ich wollte sie! Aber diese schlimmen Eltern nicht!«

Nachdem die Fingerchen also ab sind, kommt auch der Onkel Fotograf. (Gestellte) Fotos vom Familienglück. Fürs Album und alle, die's sonst noch interessieren könnte. Ich blicke auf ihnen skeptisch, aber charmant, der Herr Papa hat (voller Körpereinsatz!) extra die Haare nach hinten gegelt, die Frau Mama, mit steifer Haarsprayturmfrisur locker zehn Zentimeter größer, wirkt übernächtigt, weil ich wieder einmal die halbe Nacht durch und dafür doppelt so laut meinen Unmut kundtat. Weltschmerz, allgemeine Gesamtsituation und so. Die Tante in den USA erhält ebenfalls Abzüge und schreibt postwendend: *Oh, what a lovely happy family! So sweet!*

Countdown
45 Minuten

45 Minuten. Ich liege gut in der Zeit – und das im Sitzen. Dennoch die Furcht, die berechtigte Sorge, irgendwas zu unterschlagen. Kann sich das denn überhaupt ausgehen? Ein Best of Life? Mein Unterleib schmerzt, als würden sich darin dutzende Stecknadeln die Klinke in die Hand geben. Natürlich, allein schon weil ich daran denke, dass er schmerzen könnte, tut er es. Reinsteigern. Ganz drin aufgehen. Ich bin ein Method Actor des Aua-Machens. Endlich wieder Schlagzeilen vom Bestsellerautor. Kletus Klieber in der Rolle seines Lebens als sterbender Krebskranker. Die Menge tobt. Die Kritiker flennen vor Freude. Ich mache ihnen den Sterbenden. Glaubwürdig. Tieftraurig. Erschütternd. Fantastisch. Irre wie Kinski. Bis mir Haare und Hoden abfallen, so grandios. Wir holen den Goldenen Löwen und in Cannes lieben sie uns auch. Irgendein südnordwestosteuropäischer Avantgardefilmemacher wird das Ganze inszenieren, in Schwarz-Weiß und mit möglichst wenig Dialog, der lenkt eh nur ab. Die letzten fünfundsechzig Filmminuten werde ich vor einer Wand aus Ziegelsteinen stehen, kahlköpfig, dürr, und die Wörter *Existenz* und *Ableben* in 171 Sprachen aufsagen.

Das Krankenhaus scheint vollkommen ausgestorben. Moment! *Ausgestorben? Krankenhaus?* Bisschen unglückliche Kombination wohl! Wortwahl, Klieber, Wortwahl! Ungefähr genauso unglücklich wie Highgate Cemetery, zum Bleistift. Also *kein* ausgestorbenes Krankenhaus meinetwegen! Besser: Es ist ruhig. Die Ruhe vor dem Sturm? Aber wirklich, beinahe keine Menschenseele hier. Im ersten Stock habe ich eine Putzfrau gesehen, mit Wischmob am Getränkeautomat stehend und telefonierend. Aber sonst?

Jetzt beschleicht mich sogar die Sorge, dass ich im völlig falschen Krankenhaus sein könnte, einem stillgelegten vielleicht, das nur noch ab und an als Kulisse für Filme oder Krankenhausserien dient. (Aber – Schwachsinn! – ich war doch schon mal hier – nicht exakt *hier*, hier *im Gebäude*, mein ich –, die dreifache Blutabnahme ... die Untersuchungen – das alles hat doch *stattgefunden*, vor wenigen Tagen.) Oder dass heute vielleicht ein mir nicht bekannter Feiertag ist. Tag der freien Krankenhäuser?! Ein Tag, an dem die ganze Belegschaft irgendwo auf Firmenurlaub ist, Minigolf spielt und Zuckerwatte mampft. Oder womöglich Generalstreik. Patienten und innen und Ärzte wie Ärztinnen verweigern für ein Weilchen das Kranksein und das Gesundmachen, verständlich. Oder das Krankenhaus wurde kurz vor meinem Eintreffen geräumt. Wegen Bombendrohung oder Drohnenbomben, wer weiß. Und die Krankenschwester, die verpeilte, von vorhin, hatte als Einzige nichts davon mitbekommen, weil ... ja weil halt ... *Ohropax (?) drin?!*

10
Vom temporären Seriöswerden

Ich bin fünf, da wollen meine Mutter und mein Vater noch seriöser werden als ohnehin schon (verheiratet und bekindert) und wir ziehen vom alten trauten Heim, mit seinen 78 Quadratmetern und seinen viel zu vielen unverheirateten, kinderlosen Pärchen ringsum, in eine viel *einladendere*, viel teurere Wohnung, mit 106 ½ Quadratmetern, einem kleinen Balkönchen und schönen, vielen Fenstern, die meisten auf die schöne, sekündlich befahrene Hauptstraße.

Das hübsche, preußischblaue Haus, eingekesselt von drei gelben, zwei zinnoberroten, zwei hellgrünen, zwei azurblauen und einem lachsfarbenen, verfügt sogar über einen Pool auf dem Dach, der allerdings nur noch sporadisch benutzt wird, seitdem durchgesickert ist, dass er den Bauarbeitern (ohne innen) als Urinal diente.

Es wird viel gebaut. Die Stadt wächst schon damals. Eine neureiche Gegend, wie gemacht für meine Eltern, die sich damals gerne neureich präsentieren. Sie mischen sich gekonnt unter die vielen wohlhabenden Russen und innen, die sich hier niederlassen, warum auch immer. Die Wände der Wohnung sind hier dicker und das Grüßen der Nachbarn ist freundlicher – und gleich noch mal freundlicher, wenn erkannt wird, dass meine Eltern und auch ich die Landessprache beherrschen. Dann lässt es sich auch viel leichter über den Postboten lästern, das Lieblingsthema der Nachbarin gegenüber, mit grellem Lippenstift, Turmfrisur und wirklich enervierender Piepsstimme.

»Dieser neue Paketbote da in letzter Zeit, also noch unfähiger geht's echt nicht! Läutet nie, wenn mal schwere Sachen kommen. Und seltsam ... *orientalisch* sieht er auch noch aus. Na ja, hat's wohl schlicht nicht nötig, bekommt bestimmt mehr Trinkgeld in der Stunde als ich Frührente im Monat. Aber von mir gibt's KEINEN CENT! Trinkgeld ist sowieso Schwarzarbeit in meinen Augen, und Schwarzarbeit sollte auf Schritt und Tritt verfolgt und geahndet werden, so seh ich das.«

Dann fühlt sich meine Mutter bemüßigt zu sagen: »Mein Mann ist übrigens im Bankwesen tätig und kämpft oft lange nach Dienstschluss noch gegen die ausländischen Übernahmen.«

»Welch ein Held! Kommen Sie beide doch am Sonntagnachmittag zu uns auf ein Tässchen Tee herüber. Und den kleinen Hosenscheißer da können Sie natürlich auch mitbringen, da freut sich unsre Katze mit Sicherheit.«

Die Gutbürgerlichkeit ist mit jeder Pore spürbar, selbst der bröckelnde Kalk der Wände im Hausflur verrät: Hier wohnen anständige Menschen. Die übrigen Bewohner des Hauses kennen einander vom Wegsehen, eine seriöse Tugend in bestimmten Kreisen.

Mein Vater übernimmt damals Vaterwürden oder Vaterbürden und liest seinem Fünfjährigen aus Kleinkinderbüchern vor. Einmal noch ganz professionell die Gläser der Lesebrille behauchen, drüberwischen und los geht's: »›Das Pferd macht *Wiehaaa!*‹ Hörst du, Kletus? *Pferd!* PE-EF-

EH-ER-DE! Wie heißt das Tier?«

»Peefeherde!«

»Agathe! Der Junge ist, glaub ich, doch schwachsinnig!«

Countdown
42 Minuten

42 Minuten. 42 – die Antwort auf alle Fragen! Nun, *eine*
würde mir schon reichen: Muss ich sterben? Ja?! Nein?!
Vielleicht ... irgendwann?! Auf jeden Fall irgendwann, aber
nicht so bald, bitte! Wie bitte – ach, *in 42 Jahren*, och jo,
damit könnt ich ganz gut leben, meinetwegen. Armer Adams
allerdings. Exzellenter Schreiberling, leider viel zu früh die
letzte Reise angetreten, auch schon ewig her. Herzinfarkt
im Fitnessclub. Das hat er nicht kommen sehen. Da helfen
selbst Handtücher nicht. Tragisch.

Eine alte Frau, bucklig, faltig, weißhaarig, nimmt neben
mir Platz. Ich habe das, nämlich sie, gar nicht kommen sehen. Plötzlich ist sie da, wie eine greise Marienerscheinung,
aufgekreuzt aus dem Nichts der langen, unfreundlichen
Krankenhausgänge. Sie lächelt. Ich lächle (weil ich's kann –
später mehr dazu). Beide lächeln wir. Sie weiter freundlich,
ich zusehends gequält, das spüre ich. Immerhin aber birgt
diese Frau den Beweis, nämlich *nein, heute wird nicht ge-
streikt* und *nein, heute macht die Krankenhausbelegschaft
auch keinen Ausflug*, also *kein Minigolf, keine Zuckerwatte!*
Alte Menschen irren sich schließlich nie, wenn's um Krankenhäuser geht. Himmel, was für ein Klischee – Schande
über mich! Plötzlich beginnt sie mit knarziger Stimme zu
sprechen.

»Warten Sie auch auf den Doktor?«

»Ja und die Stühle sind auch überaus bequem!«

»Wie bitte? Ich bin hier viel zu früh. Sollte ja eigentlich
erst 15:30 da sein. Aber Sie wissen ja: Wer zu spät kommt,
den bestraft das Leben!«

»Den ollen Spruch konnt ich noch nie leiden!«

»Weshalb sind *Sie* denn hier?«

Ich winke ab. »Zu privat.«

»Ah, ich verstehe! Ich verstehe gut. Sehr gut!«

»Was ist sehr gut?«

»Dass ich verstehe, was Sie sagten!«

»Verstehe!«

Alte Menschen und ihre Hörgeräte, denke ich so. Ob es bei ihr auch um alles geht? Alles oder nichts. Nichts geht mehr. Die Gute ist um die 90, schätzungsweise, und trägt ein riesiges Klunkerkreuz um den Hals, das ebenjenen aufgrund seines enormen Klunkergewichts seltsam nach unten zieht. Wie ein altersschwacher Vogelstrauß, denke ich so. Ein katholischer. Vogel-Strauß-Taktik können die. Hände wie zerknittertes Papier und einen charmanten Hauch von Tod um sich.

Sie plötzlich: »Ich kenne Ihr Gesicht. Sind Sie jemand?«

»Schon möglich, dass ich jemand bin! Also heute früh *war* ich es auf jeden Fall noch.«

»Aber natürlich! Sie schreiben, stimmt's? So ... irgendwie so ... so höhere Literatur ... oder wie man so was sonst so nennt! Jedenfalls keine Krimis, das hätt ich mir bestimmt gemerkt, irgendwie.«

»Das tu ich, ja! Und ja, das andere tu ich nicht, also Krimis, mein ich. Haben Sie denn schon mal was gelesen von mir?«

»Nein, ich lese nicht! Ich sehe fern, das spart Zeit! Außerdem, bei meinem bösen Star ...«

»Verstehe!«

»Sie schreiben sowieso solche Sachen, die ich nicht lesen wollen würde. So Schweinisches, stimmt's?«

»Och, von allem eine Prise. Schweinisches ... Obszönes ... Perverses ... Vulgäres ... Dämliches ... Heiteres ... Bemitleidenswertes. Ich servier so ziemlich alles. Sowieso alles reine Geschmackssache, verstehn Sie?«

»Verstehe! Wissen Sie, junger Mann, früher gab es das

alles nicht. Als meine Eltern noch jung waren, weit im letzten Jahrhundert, da, das kann ich Ihnen versichern, war die Literatur noch eine ernstzunehmende. Sehr viel gelesen haben sie zwar nicht, glaube ich, aber mir wenigstens eisern eingebläut, auch ja immer hübsch ernstzunehmende Literatur zu lesen, wenn ich denn lese. Also keine Kinderreime oder so was. Und was soll ich sagen: Am liebsten lese ich, wenn ich doch mal lese, diese netten Gedichte vom Wojtyla.«

»Dem früheren, polnischen Papst?«

Herrlich, die grauen Vorzeiten, als es noch ein katholisches Kirchenoberhaupt gab. Kirche, joar … interessierte mich ja nie wirklich. Ungetauft und gut so. Meine Eltern entfernten sich ja zunächst – sofort nach der kirchlichen Trauung, um genau zu sein – quasi gleichzeitig, synchron von allem, was irgendwie mit Glauben zu tun hatte. Und die Sache dann mit meinem Vater … Aber halt, ich will nicht –

Die letzten Päpste: Nach Papst Franziskus folgte Papst Ignazius, der kleine Rumäne mit dem Doppelkinn und dem schmalen Oberlippenbärtchen, der so gerne »Ah-meeeeehn!« sagte, das Wort tatsächlich lang wie Kaugummi zog und zu guter Letzt dann, ehe 2032 das Papst- resp. Päpstinamt abgeschafft wurde, Margarethe I. (von Gotha), die alte Cannabis-Tante. Unrentabel sei diese Funktion geworden, hieß es, viel zu teuer, schon das ganze Gold der Messkelche. Die meisten Menschen seien ohnehin nur noch begrenzt – oder jedenfalls *anders* – gläubig, hieß es. Statt sich zum x-ten Mal den Anblick der ollen, in ihrem verrauchten Mamamobil über den Petersplatz gurkenden Gotha zu geben, legten sie sich am Ostersonntag – überlanges Wochenende, Quality Time – lieber schnell noch die ein oder andere Stream-Brain-Fusion der allerneuesten amerikanischen Serien(fortsetzungen). Es hat dann vereinzelt Kirchenfanatikerselbstmorde gegeben, auf den Philippinen, auf Sizilien und in Brasilien, auch im Vatikan selbst, aber das war es auch schon. Sonst nichts. Nada. Niente.

»Genau der. Der hat wunderbare Gedichte geschrieben. Nette Dinge eben. Naturlyrik. Mehr so zum Wohlfühlen – aber keine Kindereien, verstehen Sie?«

»Verstehe!«

Nichts verstehe ich. Aber ein Blick auf die Uhr verrät mir, dass die Minuten – leider so gar nicht mamamobilmäßig – vorbeiflitzen. Ich muss weiter – also ...erzählen.

Erzählen ...

11
Etwas sehr Trauriges für zwischendurch

Mittendrin im Bingospiel, seinem großen Steckenpferd, segnet mein Großvater väterlicherseits, fast noch im Vollbesitz seiner gesamten Zähne, das Zeitliche.

47 ... (Niete!) ... 33 ... (Niete!) ... 5 ... (Niete!) ... 52 ... (Niete!) ... Herzattacke ... Mister Reginald Klieber, 66 ... Volltreffer!

»Hilfe!«

»Um Himmels willen! Hat denn schon jemand Bingo? So früh?«

»Nein ... Bitte ... rufen ... Sie ...«

Sofort eilen emsige Pensionisten in Slow Motion zu Hilfe. Rettungssanitäter i.R. legen ihre Dritten ab und ihre Lippen an. Vergeblich. Spielabbruch in der vierten Spielminute.

Arno Klieber ist paralysiert. Kaum ist er selbst Vater, stirbt sein eigener Vater (durch Gevatter Tod). Was für ein Timing seines alten Herrn!

Der Großteil der restlichen Großeltern bleibt mir auch nicht allzu lange. Opa Burkhard, den alten Schwerenöter, der fremden Frauen immer gern auf den Podex oder mit derselben Begeisterung in den (am liebsten üppigen) Ausschnitt starrte, den ich ein- oder zweijährig doch tatsächlich in aller Öffentlichkeit mehrmals *Obar Burka* heiße, worauf er befürchtet, für einen Radikalisierer gehalten zu werden und sich fortan dreimal täglich nass rasiert, trifft im Bad der Schlag. Gerade noch routinemäßig die Blase entleert und den Vorrat an Rasierklingen inspiziert (unter zwölf Großpackungen kriegt er nachts nur schwer ein Auge zu), dann schon auf Nimmerwiedersehen in die ewigen Jagdgründe. Da bin ich gerade einmal acht und dann, unglücklich und gedankenversunken ob der Irrsinnsentwicklung ihres Sohnes (wieder ohne spoilern zu wollen), erwischt es Hertha Klieber. Hart, Hertha, aber eben doch nicht am härtesten. Noch keine 80 erliegt sie 2019 auf einem Kurzurlaub mit einer Bekannten in Prag nach einem Treppensturz ihren Verletzungen. Am heute hypermodernen Wenzelsplatz soll sie noch gesagt haben: »Früher war der schöner, aber schön ist er jetzt auch noch, wie ich auch!«

Nur Omama Heide blieb, ein weiblicher Methusalem von mittlerweile 98 Jahren, die Frau, die uns noch alle überleben wird. Sie sitzt in einem Pflegeheim in ihrem Zimmer und fixiert Punkte an der Wand, die nur sie zu sehen befähigt ist, und von Zeit zu Zeit schlüpft ihr dabei ein *Jaja* oder ein *So ist das!* über die Lippen, wobei (außer ihr selbst) nie jemand mitbekommt, keiner erraten kann, *was* denn da *wie* ist.

Gesprächsversuche mit ihr versanden überhaupt, seit einigen Monaten. Entweder sie hört es erst gar nicht oder sie vergisst das Gesagte – oder sie vergräbt sich maulwurfartig, weil eben auch beinahe blind, in ihrem Bett. Meine Mutter besucht sie selten, weil sie ihrer alten Dame plötzlich all ihre Fehler und Versäumnisse als Mutter vorwirft. Das Bratschenkonzert von einst bleibt unvergessen, die angeblich verschwundene Packung Softies überschattete über Jahrzehnte ihr Verhältnis zueinander. Was ich an meiner Großmutter bewundere: Sie scheint keinen einzigen Gedanken ans Sterben und den Tod zu verschwenden. Ganz anders als ich gerade. In ihren frühen Neunzigern sang sie an guten Tagen manchmal noch aus voller (lädierter) Lunge irgendwelche alten Volkslieder. (Was sie doch früher nie getan habe, meinte meine Mutter einmal, ich sagte drauf: »Dann tut sie's eben jetzt!«)

Sie ist im Übrigen die Einzige, der ich es – hätte ich an so was gedacht beziehungsweise überhaupt die nötige Zeit und Muße dazu bekommen – gerne mitgeteilt hätte, dass – und warum – ich heute hier bin, auch wenn sie es überhört, gleich wieder vergessen – oder sich metertief eingebuddelt hätte.

12
Sechs and the City

Halbtotale. Saftig grüne Wiese. Ein paar mutierte Bienchen tummeln sich. Und zwar davon, weg vom Bulldozer, der gerade lauthals auftritt. Am Steuer der Bulldozer-Lenker mit starrem, sinnbefreitem Blick und zusammengewachsenen, buschigen Augenbrauen ... Ich beobachte das Ganze vom Fenster meines Zimmers aus. Gegenüber beginnt ein Hausbau. Die Stadt wächst. Unaufhörlich. Unweigerlich.

Ansonsten zeitigen meine ersten Lebensjahre die folgenden erwähnenswerten Vorkommnisse:

1.) Versuch, die herrlich zugebaute Welt zu erkunden, indem an vier (!) aufeinanderfolgenden Sonntagen die elterliche Wohnung verlassen wird. Jedes Mal machen mir dabei überbesorgte Menschen aus der Nachbarschaft leider einen mein wohlkalendertiertes Streunen jäh stoppenden Strich durch die Rechnung. Screw them all!

2.) Blinddarmdurchbruch im Alter von fünf Jahren, fünf Monaten, zwei Wochen und drei Tagen – die Stunden zählt man nicht. Der Arzt in der Notaufnahme (ich werde mit Blaulicht gebracht), ein junger, persischstämmiger Mann mit einem dichten, dunklen Kinnbart, meint anerkennend: »Verdammt jung für einen derartigen Blinddarmdurchbruch!« PS. Ich hänge später noch lange der Theorie an, dass männliche Ärzte Bärte tragen *müssen*.

3.) An den darauffolgenden Tagen des Stillhaltenmüssens bringe ich mir selbst das Lesen und Schreiben bei.

4.) Vererbtes Nasenbluten, das vor allem in Stresssituationen auftritt. »Kletus, könntest du mal bitte kurz für ein lustiges Kindervideo ohne Luftholen das Alphabet rückwärts buchstabieren? Um Himmels willen, nun seh sich einer diese Sauerei an!«

5.) Auswendiglernen der Weltzeitzonen, dazu Entwicklung einer akuten Zauberwürfelabhängigkeit. (Imaginäre »Dreh-nings-Rekorde« am laufenden Band: Aus 14 Sekunden werden 12 Sekunden, werden 10 Sekunden, werden 7, werden 4, werden 3 Sekunden, 59 hundertstel, 44 hundertstel, 39, 30, 26, 19, 12, 3 hundertstel – werden schließlich 2 Sekunden und 97 hundertstel. All-time Record bis ans Ende meiner Tage – also vielleicht bald schon!)

6.) Mit fünf Jahren (beim Stöbern nach Reizwäsche) Entdeckung einer Krawatte. Anfangs wird sie wahllos an alle Körperteile angehängt, dann geknotet und schon bald versiert getragen. Die KONSERVATIVE PHASE bricht an. Im Übrigen wird eine nicht angebrochene Packung Kondome mit Erdbeergeschmack sichergestellt (Normalgröße).

7.) Abfassung eines ersten Gedichtbandes (bis heute unter Privatverschluss). Titel: *Das Grau der Ziege in den Augen des Bauern am Berg in Rom*. Sprachlich unausgereift, furchtbar zu lesen.

8.) Schlafstörungen, Bruxismus (Zähneknirschen), wiederkehrende Alpträume von großen, graublauen Krokodilen mit Brille und Zeigestock, die Schilder mit der immer gleichen Aufschrift »Vorsicht, Kletus, sonst wirst du es noch bereuen!« hochhalten, sowie, als wäre all das nicht ohnehin schon genug, Entwicklung chronischer Magenschmerzen (Vermutung: Weltschmerz gepaart mit von der Mutter ererbter Anlage zum nervösen Magen).

9.) Wachstumsschub Nummer eins. All-inclusive-Urlaub auf der Insel Lesbos mit der Frau Mama, dem Herrn Papa und den Großeltern mütterlicherseits. Animateure – meist verarmt aussehende Griechen und innen –, die ihr Leben hassen, und Ferienbekanntschaft, ja, vielleicht gar -liebe aus Saarlouis. Silvia mit dem S-Fehler – nicht einmal ihren eigenen Namen kann sie korrekt aussprechen (Mutter Agathe leugnet ihre Ausbildung und zuckt mit keiner Wimper). Der Kontakt via sozialem Netzwerk zu ihr hält exakt einen Sommer lang.

10.) Das Phänomen der Zweistelligkeit meines Lebensalters empfinde ich als absurd und schockierend gleichermaßen. Ich rede mir ein, dass ich, obwohl erst zehn, durch die schicksalhaft erreichte Zweistelligkeit kein bisschen jünger mehr bin als alle anderen Zweistelligen. Tatsächlich beschleicht mich eine Art frühreife Altersdepression. Zehn und achtzig? Quasi identisch! (... Und der Rücken schmerzt plötzlich auch schon!)

11.) Auf Safranskis Rat hin, der vom *Überleben in der Wildnis* und was von *früh übt sich, wer mal ein richtiger Mann werden will* faselt, schickt mich mein Vater zu den Pfadfindern. Ich streike schon nach dem ersten Waldgang. Die Kombination aus Wald, Tierkot, Stechmücken, dem Verwesungsgeruch aus dem Mund des Ausbildners und den unermüdlichen Ego-Shooter-Fantasien der übrigen Burschen, die Rucksäcke voll verklebter Pornohefte mit sich schleppen, ergeben in der Summe eine rigorose Verweigerungshaltung. »Lieber gar kein Mann als Pfadfinder!«, sentiere ich.

12.) Meine Mutter überreicht mir, ich bin etwas über sieben Jahre alt, ihre alte, verstaubte Bratsche. »Hier ist meine alte Bratsche«, sagt sie. »Als ich etwas über sieben Jahre alt war, hab ich begonnen zu spielen. Jetzt bist du dran!« Ein Gefühl der Irritation macht sich in mir breit. Meine Mutter weiß zum damaligen Zeitpunkt natürlich noch nicht, dass ich die Musikalität eines tauben Tapirs habe und jedes Instrument in meinen Händen unvermeidlich dem Untergang geweiht ist. Selbst die Blockflöte, ein an und für sich unkaputtbares Instrument, überlebt nach dem Erstkontakt mit mir keine zwanzig Minuten, ehe sie, nach einem finalen Taumel falscher Töne, erlösungsreif entzweibricht.

13.) Sommerurlaub auf Madeira. Keine Sommerliebe, dafür diesmal hautnah bei einem Alkoholabsturz der Mutter dabei. Ich schreibe das Ereignis – in Noch-Ermangelung eines eigenen Mobilfunkgerätes – auf eine Postkarte an den Herrn Papa in der Heimat, der arbeiten muss. (Jedenfalls sagt er das damals.) Ein Antwortschreiben bleibt aus.

Bald zähle ich sechs Lenze, bin größer, dunkelblonder und dünner als zuvor, fast dürr, aber auf eine gewissermaßen hübsche Art. Volksschule. Brrr! Des Hochbegabten Totengruft. Ein hässliches, lachsrosafarbenes Gebäude im Herzen der Stadt. Links die Autobahn, rechts der verblasste Zebrastreifen. Wie die Hasen laufen die Kinder zur Schule, mitten im größten Verkehrslärm.

Ich verliebe mich gleich zu Beginn in Ruth Hesse, »die heiße Hesse« oder manchmal auch – wenn sie viel schreit, was sie zum Beispiel tut, wenn wieder einmal ihre Milchschokolade in der Schultasche zerronnen ist – »die Heisere«.

Sie gleicht einem Einhorn. Nein, kein Horn am Kopf, aber sehr hübsch jedenfalls.

Um es kurz zu machen: Ruth Hesse ist faszinierend. Und scheint gleichfalls interessiert. The Ruth is on fire. Die Vögel singen es schon vom Himmel: »Ruth liebt Kletus.« Ich begehe den Fehler meiner Eltern. Liebe! Und wie geht es weiter? Nicht schön!

Ruths Erzeuger ist natürlich ein ganz typischer Erzeuger. Viel Männlichkeit, Schnauzer, Aftershavegeruch. Eine große Nummer im ebenso großen Elektrizitätswerk, dort, wo die Lichter an- und ausgehen. Ich bin ihm nicht ganz geheuer, so viel ist bald klar, jedoch ist es erstens Volksschule und zweitens geselle ich mich dann doch recht rasch in die Reihe derer, denen sie ebenfalls kurz und knackig das Herz brach: Henri Schnellinek, Georg Drbzl, der fleischgewordene Vokalnotstand, und Clemens Littschwager. Ich komme noch ein kurzes Weilchen weiterhin dreimal die Woche zum Küche-, Puppen- und Schulespielen zu ihr, dann gehen wir aufgrund unüberbrückbarer Spieldifferenzen wieder getrennte Wege. (Woraufhin ich mich eine wiederum kurze Zeit lang des Öfteren dabei ertappe, wie ich mich schon wieder halb auf dem Weg zu ihr befinde und mich auf die mit Schnittlauch bestreuten Dinkelvollkornbrote von ihrer Mutter freue.)

Die Schulzeit – unerfreulich, weil furchtbar langweilig und eigenartig nutzlos ...

Die Volksschulzeit im Schnelldurchlauf: (Was eine Menge Nerven spart!)

• Ausmalen von Dingen wie Nilpferden, Giraffen, Baumkronen, Roboterstaubsaugern.

• Sinnentleerte Geschichten von einem Mädchen namens Mimi, einem Hund namens Ati und deren »Haus«, das mal »weiß«, mal »rot«, mal »braun« ist, dazu kommt hin und wieder auch die »Mama« vorbei.

• Malen nach Zahlen. Mühsterien des Multiplizierens und Nachexerzieren wie in Trance: 1 mal 1 ist 1 und 2 mal 1 ist 2 und 3 mal 2 ist 6 und 8 mal 8 ist 64 und 122 mal 84 ist 10248 – so weit, so klar!

• Meine erste große Geburtstagsparty mit sieben, unfreiwillig, von den Eltern aufgezwungen, die es wiederum von den verbliebenen Großeltern aufgezwungen bekamen. Eine riesige Leinwand wird aufgebaut, Computerspiele werden angeboten. Etliche Klassenkollegen und innen sind bei mir zuhause anwesend. Die meisten beschäftigen sich ausschließlich mit dem Spieleangebot, ein paar wenige stehen wie falsch abgestellt in der Küche herum und besprechen Kleinkinderkram. Zur Krönung kommt eine in Wochenzeitungen inserierende Magierin namens Sandy Mental, die von *verzauberten Karten* spricht. Ich sehne mir ein rasches Ende der Feier und speziell der miesen Kartentricks herbei. »War die Karosieben deine Karte?« – »Nein!« – »Was ›nein‹?! Die Karosieben *muss* deine Karte gewesen sein, *hörst du!*« – »Mama, die Frau macht mir Angst!«

• Heitere Sachkundegeschichten (Penislänge eines Blauwals und schwangere männliche Seepferdchen).

• Der verfestigte Irrglaube, dass Haartrockner und Hardrocker idente Begriffe seien. »Was, die machen sogar richtige Konzerte, die Haartrockner? So richtig laute, sagst du? Glaub ich dir!«

• Weniger heitere Turnstunden. Tauziehen: Gern, hat was von Volksfeststimmung. Tauklettern hingegen: Ich danke!

• Frühes Aufbegehren gegen die *Autorität Schule*, als zuhause mein Vater langsam wunderlich zu werden beginnt:

»Kletus, lies uns bitte den dritten Absatz vor!«

»Nein.«

»Was? Wiederhole das noch mal!«

»Nein! Neeeeiiin! Noooo! Njeeeet!«

»Soll das *nein* heißen? Da muss ich dir wohl leider ein Mitarbeitsminus eintragen. Ich bin regelrecht erschüttert über dieses Fehlverhalten deinerseits!«

»Nein.«

»Was *nein?*«

»Nein-nein!«

»Ich möchte deine Eltern sprechen! Du bist aufmüpfig, Kletus, und frech in letzter Zeit! Erschütternd! Schlicht und einfach *erschütternd!*«

• Endloses Herumsitzen vor oder in den Direktionen der Schulen, die ich nacheinander besuche. Ein *gerüttelt Maß an* Schulwechseln nämlich, klieberintern auch bekannt als »Wechseljahre des aufmüpfigen Schülers Klein-Kletus«.

• Mutter beginnt dafür zu beten, dass ich die Schulzeit ohne Messerstecherei überstehe. Dass dem dann wirklich so gewesen sein wird, gleicht rückblickend betrachtet in der Tat einem Wunder.

• Ich beginne Erwachsenenbücher zu lesen. Schul- und Alltagsflucht. Thomas Meyers *Wolkenbruch.* Ich verstehe zwar nur jedes dritte Wort, aber immerhin.

• Vater verliert wegen meiner schulischen Misserfolge noch mehr seiner ohnehin spärlichen Kopfhaare und sieht mehr als schwarz in Sachen Fußstapfen, in die der Sohn irgendwann mal – vermutlich aber eben doch eher nie! – treten soll. Eher Punker als Banker …

Countdown
37 Minuten

37 Minuten. Warten. (Wie berichtet.) Ein bisschen sentimental, sorry, fühl ich mich jetzt aber schon mal eben. Weil erstens: Fast vierzig Jahre – zack – wie im Flug vergangen und zehn, *zehn* – zack, zack – seit meinem Bestseller, seit ich oben war, ganz, ganz oben und – ja mei, eben halt fast *genauso lang* wiederum, leider, die blöde olle Schreibblockade und infolgedessen auch schon ein Weilchen nun nicht mehr ganz, ganz oben, sondern vielleicht nur noch halb oben oder vielleicht sogar nur noch mehr so irgendwo in der Mitte rum oben, in jedem Fall aber, zum Glück, noch nicht, noch immer nicht ganz unten. Hätte ich am Ende nicht gleich genauso gut irgendwas anderes machen können, viel besser gar vielleicht, ohne Blockade? Bienenzüchter? Sofaverkäufer? Bibliothekar? Créateur d' Heilmittel contre erection problèmes et fisures anales? Oder professionell Handstandbilder ins World Wide Web stellen, am besten mit selbstkomponierter Musik im Hintergrund (Mutters grandioses Bratschencomeback und ich, die geborstene Blockflöte von einst furios vergessen machend, brav an der, ja was – Oboe?) Aber nein! Käse! Alles nichts für mich. Ich besitze, wie schon erwähnt, das musikalische Nichtgehör des Herrn Papa. Nein, bleiben wir dabei, auch wenn es im Moment vielleicht, ich weiß, nicht unbedingt danach aussehen mag: Fürs Schreiben wurde ich geboren. Die Literatur ist es, und zwar immer schon.

Außerdem begehe ich gerade schon wieder einen Kardinalfehler, natürlich allein aus purer Emotion heraus, hoffe ich: Ich muss ja in der Chronologie bleiben. Nichts da mit Vorgreifen und Vorausdeuten! Jawohl, als Schreiberling von Rang hat man selbst in womöglich sterbendem Zustand gefälligst noch artig erzählen zu können. Keine Dusseleien, keine Duselei. Punkt. Weiter.

Der gläserne Mensch ist längst Realität, alles ist transparent. Auch hier im Krankenhaus surren die Kameras wohlig vor sich hin. Beobachtung und Überwachung auf Schritt und Tritt gehören zum guten (Summ)Ton unserer Zeit und erzeugen ein seltsames Gefühl der Sicherheit. Meine Mutter erklärte mir, dass sie nur mit Schaudern an die allgemeine Anarchie des 20. Jahrhunderts zurückdenken kann, als der zufällig umherstreifende, unschuldige Blick eines Passanten zum Beispiel sich noch keineswegs sicher sein konnte, dass ein wachsames Auge auch garantiert mitfilmt, falls zufällig irgendwelche dubiosen dahergelaufenen Seelen (deppertes Beispiel!) meinen, sich in der Nacht ungestraft vor Autogaragen oder Kleingartensiedlungen erleichtern zu dürfen. Pfui, pfui, dreimal pfui!

13
Neurosen und Neuwagen

Menschen kommen und Menschen gehen. Manchmal zu Besuch, manchmal einkaufen, manchmal auf den Friedhof, um dort zu bleiben. Binsenweisheiten, ich weiß.

Meine Geburt – abgehakt. Kindergarten – überlebt. Schule, erster Teil – erledigt. Es bricht nun ein zeitlicher Abschnitt an, in dem meine Eltern auffällig oft wegen Lappalien etwas vom Zaun brechen.

Anders als früher. Es wirkt nun immer überemotional.

»Wassss? Waaaas? Du hast die Fernbedienung auf den *Küchentisch* gelegt? Aus Versehen? So was machst du doch nicht *aus Versehen!* Ich bitte dich! Für wie dumm hältst du mich? Was heißt hier ›Kein Kommentar!‹? Das ist doch die Höhe! Und zur Fernbedienung: pure Absicht! Natürlich! Ah ja ... die alte Leier. Ich kann das nicht mehr hören! Schluss! Aus!«

Mein Vater steht eines Tages unterm Türstock und hält meiner Mutter einen Schlüssel hin. Hat er etwa ...?

Tatsächlich. Mein Vater hat einen Neuwagen erstanden. Familienkutsche verkauft und einen silbergrauen Sportwagen erstanden. Absolut geisteskrank, der Mann, denkt meine Mutter, die sich zur Furie aufbäumt.

Ich eigne mir zu dieser Zeit etliche Neurosen an. Fein gepflegte natürlich. Ab und zu sitze ich da, starre vor mich hin und summe Melodien. Nicht leise, vielmehr laut, richtig laut. Dazu schleife ich an ungeraden Tagen den linken Fuß nach. Alles hat System. Auch einen künstlichen Husten, einen Fingerschnipp- sowie einen Zungenrollzwang lege ich mir zu.

»Geht's dir gut, mein Sohn?«

»Ich [hust, schnipp, roll] kann nicht [hust, schnipp, roll] klagen! [Roll]«

Ich beginne mich mit unserem Staubsaugermodell *Xtreme Dynamis* zu unterhalten. Die Gespräche kreisen häufig um das Thema Staubbeseitigung im 21. Jahrhundert.

Ich merke gar nicht, dass meiner Frau Mama keine meiner Neurosen entgeht. Aber so ist es. Die Alarmglocken der Psycholinguistin schrillen. Ja, zu dieser Zeit ist sie noch hellwach, wenn ihr »Büble« was außerhalb der Norm macht.

Logische Folgerung (einer Mutter): Der Junge muss zum Psychologen!

Beziehungsweise zur Psychologin Frau Doktor Gundula Hebenstreit (mit Bolzenschneidercharme/-visage und einem Pferdeschwanz, der wie ein Fleischklumpen runterhängt) – einer Frau, die sich konsequent weigert, meinen Namen richtig auszusprechen, statt [heroînteelosem Lehmzahn] immerzu »Klei-tuss« (wie »Kaktus«) sagt, und – mir seltsamste Aufgaben stellend – mich unentwegt strafend anblickt, während ich schweige oder höchst halbherzig antworte.

»Stell dir vor, du wärst auf einer Karte Europas, Kleituss. Welches Land wärst du dann gern? Du kannst auch Zwergstaaten wählen, Monaco und der Vatikan gehen aber nicht!«

Ganze sechs Monate muss ich zu ihr. Dann sieht sie in mir *einen hoffnungslosen Fall* und meint zu meiner weinenden Mutter, dass ich diese Ticks »mit Sicherheit bis ans Lebensende« haben werde.

Countdown
33 Minuten

Wo ich gerade bei meiner Mutter bin, also gedanklich – sie weiß ja nicht mal, dass ich hier bin, dass ihr einziger Sohn womöglich schon bald unter Umständen nicht mehr ist (und isst) –, sollte ich mich nicht vielleicht doch mal bei ihr melden?

So vieles spricht dagegen. Ihr aktueller Freund par ex.: Franzose – das allein wäre noch verzeihlich. Aber ein pensionierter Versicherungsmakler mit falschen Hasenzähnen (die echten sind den Jordan runter) ... Und dann immer diese Verständigungsprobleme: Französischer Akzent plus durch den Spalt zwischen den Vorderzähnen pfeifend. Unerträglich. Da hilft auch keine Psycholinguistin i.R.

Er (Obstsalat machend, ich daneben): »Hälst du mal die fraises, Kletüs?«

Ich (echauffiert): »Bitte, wie? Ich sag doch gar nichts, du Idiot!«

Bis sich aufklärt, wie's gemeint war, stehen wir längst meilenweit voneinander entfernt. Nein, bei meiner Mutter und ihrem Erdbeerbanausen melde ich mich nicht.

»Hat denn so jemand wie Sie Kinder?«, fragt die Alte unvermittelt.

»Ich? Nein! Nicht dass ich wüsste. Hat sich bis jetzt einfach nicht ergeben. Ich habe mich vor kurzem ... na ja ... ich *wurde getrennt*. Sie?«

»Was ›Sie‹?«

»Haben Sie Kinder?«

»Das wüsste ich aber! Nein, junger Mann, ich habe, wissen Sie, nie jemanden *gehabt*. Bei mir ist nichts rein und nichts raus, wenn Sie verstehen ...«

»Ähem ... ja ... ich – verstehe!«

Ich nicke verstehend und schweige wieder. Mir wird unheimlich zumute. Eine gottgeile alte Jungfer, leibhaftig!

Furchterregend, wie rasch so ein bisheriges Leben erzählt werden kann. Heiratsantrag. Heirat. Rechtmäßige Zeugung. Geburt. Genius. Abgehakt auf der To-do-List. Ich sitze da. Es ist schon seltsam. Seit mein Vater damals zuerst im Krankenhaus, dann in der Nervenheilanstalt und schließlich in der forensischen Pathologie lag, habe ich derartige Einrichtungen kaum (oder gar nicht mehr?) betreten.

Kein Arzt in Sicht. Out of Sight. Ärzte zählen in Krankenhäusern mitunter zu den am seltensten antreffbaren Berufsgruppen überhaupt. Aber ich muss ja ohnedies erzählen. Kletus Klieber, Fabulierer von Weltruhm. Legendary, einfach legendary. Kurzer Applaus.

14
Am Anfang war die Tarte

Aufblende. Krise! Welche Krise? Ach ja, da war ja was. Etwas sehr Einschneidendes sogar. Finanzkrise! Ganze Existenzen sind bedroht.

Mein Vater: wenig schlafend. Stellen werden abgebaut. Menschen – Hinz und Kunz – verlieren den Glauben – in die Banken – ans Geld – ans Geld in den Banken – an Menschen, die an Banken glauben – an Menschen, die ans Geld in den Banken glauben – an die Menschen in den Banken – an die Menschen außerhalb der Banken – an die Menschen außerhalb, die an die Menschen innerhalb [...] – und an Menschen wie meinen Vater, den Hecht im Haifischteich, der gute Miene zum bösen Spiel macht, versichert, beschwichtigt: »Aber nein doch! Ihr Geld ist sicher! Krise? Nicht bei uns ... ach ... bei den Hellenen ... da vielleicht schon, bei den frommen Hellenen, *da vielleicht schon* ... Aber hier – alles safe ... alles safe hier ... hier bei uns.«

Aber es nagt an ihm. Täglich mehr und mehr. Und auf den Black Friday folgt ein noch blackerer Saturday und so weiter. Kurzum eine Zeit, in der es dunkelschwarz wird.

Mein Herr Papa stellt sich – wir gerade frühstückend, nichts Böses ahnend selbstverständlich – in die Mitte der Küche, schräg gegenüber dem Küchentisch, an dem wir essen, holt tief Luft und sagt:

»Mir ist eine göttliche Gestalt erschienen, die mir auch etwas sagte, und zwar, dass ich das Bankenwesen in den Wind gießen soll! Es macht mich sowieso nur krank und unzufrieden – und überhaupt ist es in Zeiten wie unseren pures Gift! Ich habe Mauthner bereits telefonisch die Meinung gefiedelt. Es reicht, die Maß ist voll!« Während er das sagt, starrt er auf die Fliesen, als würde dort alles wortwörtlich so stehen, wie auf einer Art Fußbodenteleprompter.

Ich, Klein-Kletus, bewundere meinen Vater, der nur einen Atemzug gebraucht hat, um uns all das kundzutun. Meine Mutter ist da weniger bewundernd. Ihr fällt der Löffel aus der Hand und die Hälfte des Müslis aus dem Mund.

Mein Vater tritt näher und sagt schließlich: »Und jetzt hätte ich gern eine Tarte!«

Manche Sätze prägen sich ein. Dieser *brannte* sich ein.

Schockstarre bei meiner Mutter. Eine Psycholinguistin, der die Worte fehlen. Schließlich steht sie auf, nimmt die Schüssel mit dem Müsli, blickt meinem Vater, der mittlerweile den Blick erhoben hat, tief in die Augen, wirft ihm die Schüssel vor die Füße und schreit. Und wie sie schreit!

»Für dich ist das alles ein Witz, was?! Hörst du dir eigentlich selbst zu? ›... eine göttliche Gestalt erschienen‹ – das ist doch krank! Und dann noch vor deinem Sohn! Du willst uns wohl alle fertigmachen! Entsetzlich!«

Dann läuft sie aus der Küche. Ich löffle noch rasch mein Müsli zu Ende ... Unbehagen stellt sich ein, womöglich des Müslis – nein, Blödsinn, natürlich meines Vaters wegen.

Er blickt zu mir. Ein reueloser Blick. Ich blicke ebenso reuelos zurück. Es ist der Tag, an dem mein Vater gekündigt hat. Der Tag, ab dem sich vieles ändert. Ich, mich erhebend, schleiche an ihm vorbei aus der Küche.

»Dann mach ich mir die Tarte halt selbst!«, er, murmelnd.

Ab diesem Zeitpunkt herrscht ein eisiger Wind zwischen meiner Mutter und meinem Vater, und ich, dazwischen, versuche beiden (samt Wind) bestmöglich aus dem Weg zu gehen.

Abblende

15
Schon wieder etwas Tragisches
für zwischendurch

Ich bin elf Jahre und zehn Monate alt, da beschließen meine Eltern sich zu trennen. Sie teilen es mir mit Grabrednerstimmen mit, als ich in der Küche sitze und Müsli löffle. Zuerst tritt meine Mutter an den Tisch und dann, nach einer auffordernden Geste von ihr, auch mein Vater.

Ich habe längst alles kommen sehen. Cerealien sind ja auch oder vor allem Gehirnnahrung.

»Wir lieben einander nicht mehr so, wie wir einander liebten, als wir einander noch liebten. So einfach.«

»Ist es meine Schuld?«, ich, auf die Tränendrüse drückend.

»Niemand ist schuld!«, meine Eltern unisono.

»Aber Papa kann doch auch in mein Zimmer ziehen und wir teilen uns das Bett, bis ihr euch wieder vertragt«, schlage ich vor, meine es fast aufrichtig, ernte aber ausschließlich verständnislose Gesichter, Was-wissen-denn-schon-Kinder-Blicke.

»Ja, also, ich muss dann mal los«, mein Vater.

Sieben Wochen folgen, in denen ich meinen Erzeuger nicht ein einziges Mal zu sehen bekomme. Nichts in der Wohnung, oberflächlich, erinnert mehr an ihn. Meine Mutter lauscht der erwähnten Gitarrenherzschmerzmusik. Machte sie schon so, wenn der Herr Papa mal irgendwo länger unterwegs war, obwohl da ziemlich sicher nie was mit Seitensprung oder –

nein, bei diesem Arno Klieber, mit diesem Arno-Klieber-Auftreten eigentlich *gänzlich ausgeschlossen.*

Eines Morgens telefonieren sie, am Abend noch einmal. Um es zu besiegeln. Ein Gerede, sinnlos für zwei, die sich einst liebten; nun sind es zwei, die sich kennen, weil sie sich einst liebten. Eine hollywoodeske Liebe mit griechischem Ende.

Nun leben die Eltern plötzlich viele Meter (vielleicht sogar, um Himmels willen, Kilometer) voneinander entfernt.

Kletus Klieber. World's Worst Son. (Think about it!)

Sie – zwar nun noch nicht, aber bald mit neuem Geliebten – regelmäßig ins »Gym« gehend, er – frisch nun arbeitslos und glücklich in einem kleinen Appartement, mit einer Art neuer Frisur, neuem Scheitel, neuem Styling (Schuhe und Hose sind neu, angeblich alles naturbelassen), beinahe Dandy in the Underworld, die Metamorphose kommt ja erst noch – nie ins »Gym« gehend.

Sie treffen sich. Sie mit einigen Fotos von mir (auf der Toilette / auf dem Weg zur Toilette, selbstständig / auf dem Weg aus der Toilette, ebenso selbstständig – dabei immer mit furchtbar mitgenommenem Gesichtsausdruck), er ist entzückt.

»Mir geht es gut.«

»Gut so. Ich bin glücklich, sehr glücklich.«

»Ich ebenso. Schöne Frisur.«

»Ich weiß. Ist indisch.«

Beide sind bemüht, ihre Glückseligkeit zu zeigen, frei nach dem Motto: *Seht her, ich bin glücklich!*

Die finale Endgültigkeit eines Beziehungsendes erscheint immer unschön. Es ist zum Verrücktwerden. Im Leben erscheinen immer wieder solche Dinge ohne jeglichen Sinn. Ich denke, dass mehr Dinge sinnlos als sinnvoll sind. Zur Untermauerung wäre vielleicht eine empirische Untersuchung vonnöten, aber für die ist keine Zeit. Keine Zeit!

Ich fühle mich furchtbar und beginne zu beten – was ich bis dahin noch nie gemacht habe: »Lieber Mister Gott. Ich verspreche hoch und heilig, keine Tennistermine via Doodle zu verabreden und des Weiteren nichts annähernd Negatives über ehrenwerte Politiker zu sagen, weil ich sonst im Fegefeuer schmoren möge, bis mein Leib rot und ebenso verkohlt ist, wie es ihm gebührt. Des Weiteren sollen mir buchstäblich die Ohren bluten, falls mir Dinge zu ebendiesen kommen, die eben nicht für sie bestimmt sind. Ich schließe mein Gebet mit einem schlichten, jedoch intensiven *bitte, Herr, erhör mein Flehen!*«

Ich blicke mich um. Ich blicke, um die Stille zu sehen und zu spüren und meine: »Die Welt ist schlecht, so seien wir schlechter. Der menschliche Geist ist durchtrieben wie ein Priesterhirn und Inquisition die einzig logische Folge.«

Ich möchte flüchten, geistige Zuflucht in Büchern finden und in sinnvollen Worten von Mitmensch zu Mitmensch zu Mitmensch zu Mitmensch. Ich will nicht enden wie meine Eltern, die sich entliebten, die sich, rückblickend betrachtet, schmerzten. Wunderkind einst, sechsfingrig noch obendrein, nun desillusionierter Mitmensch mit gerade mal zwölf, der von Weltsicht und Weltordnung gleichermaßen interniert wurde. Die Sinne sind verwirrt. Weswegen muss der Weg denn so beschwerlich sein? Verflucht sei die Lebensstruktur. Verflucht sei der Tunnelblick, der uns zermürbt zurückwirft und uns des Lebenselixiers beraubt.

Was folgt: Scheidung, Sorgerechtsaufteilung (zwei Wochenenden im Monat beim Herrn Papa) und meine erste Prügelei. Ich poliere einem vorlauten Mitschüler, ich weiß es noch ganz genau, Max Thillinger, mit einer selten dämlichen Sommersprossenvisage, hellblonden Haaren und Schweinenase, der mich *Scheidungssassi* nennt, die Schnauze und er mit selbiger den ungefegten Klassenboden. Gleich danach kreischt er mit rotem, verweintem Gesicht: »Dafür kommst du ins Gefängnis, Klieber! Ich schwöre! Du bist ja ein Mörder, verdammt!« – »Das glaub ich kaum! Ich hab doch nur Scheiße geprügelt!«

Meine Mutter ist bestürzt. Die Lehrerschaft ebenso, nur der Herr Papa nicht – weil er nichts erfährt, weil ihn das nichts angeht, wie meine Mutter meint. Mir wird indessen Antiaggressionstraining nahegelegt und alleine schon das Wort und der Gedanke daran machen mich gleich mal so richtig, richtig aggressiv.

16
Beiläufig die schreckliche Sache mit der Katze

Monate der absoluten Ödnis ziehen durchs Land. Ich, dreizehn. Noch nicht mal *ein* Schamhaar. Puberty vs. Poverty. Wolf im Schampelz. Eben nicht. Glorreiche Idee der Frau Mama. Der Junge braucht kein Geschwisterchen, keinen Vater, keine Freunde, schon gar keine Freundin – der Junge braucht ein Haustier! ADHS-Hamster? Dressiertes Meerschweinchen? Depressiver Leguan? Niedliche australische Wolfsspinne? Ordinärer Laubfrosch? Gemeine Gottesanbeterin? Nicht doch! Der Junge mit den Handnarben, weil Zusatzfinger ja unschön sind, bekommt eine Katze. Katzen sind mysteriös. Mysteriös bedeutet spannend und aufregend. Die alten Ägypter mochten Katzen. Ägypten war Hochkultur. Kunst und Kultur sind schön. Die mütterliche Logik überfordert mich. Die Katze kommt. Ich sehe die Katze, den Kater eigentlich, und forme die Lippen zu einem »No way!«, das ich (langsam, aber sicher im Stimmbruch) anfangs leise, dann halbleise, dann laut rauskrächze. Er ist klein und braun, hat weiße Tätzchen, schwarze Öhrchen. Ein Dreizehnjähriger sagt nicht »Putzig!« oder »Süß!«, höchstens »Nett!« oder »Akzeptabel!« oder »Annehmbar!« oder »Erträglich!«.

Name? Gut, Name! Die Katze wird Konrad. Konrad, der Zerstörer, nein, besser: Konrad Kater Klieber. Konrad wie Joseph, nur nicht mit *C*. Oder wie Adenauer, der deutsche

Häuptling aus dem Jahre Schnee (und der war auch nicht »Putzig!« oder »Süß!«).

Seit der Scheidung ist die Frau Mama erneut ganz besonders um mein Seelenheil bemüht. *Jugendliche,* liest sie, *leiden mehr als gewöhnliche Menschen.* Erneut zu Dr. Gundula Hebenstreit zu gehen, lehne ich ab, laut und krächzend. Sie liest weiter: *Viele Jugendliche geraten folglich auf die schiefe Bahn, fügen sich und anderen Schmerzen zu. Kommen noch falsche Freunde hinzu, sind sie nicht selten an Ritualmorden beteiligt oder verfallen dem Rauschgift.*

Aufopferungsvoll versucht sie mich zu retten. Da war doch schon die Prügelei, erstes Anzeichen für einen Teenager, der langsam schiefbahnig wird. Nein, noch habe ich keine Einstichlöcher an den Armbeugen, aber das kann sich quasi jeden Moment ändern.

Konrad – wie einst jener Pfaffe, der dieses schweinische Buch schrieb, das die andern Pfaffen dann während des Geißelns heimlich lasen, ein Lichtblick im dunklen Zeitalter. Ich schweife ab.

Ich erziehe Konrad konsequent – als Hund. Kaufe ihm Leine und Halsband, gebe ihm Hundenahrung, gehe regelmäßig Gassi mit ihm, alles unter den wachsamen Augen, den wachsenden Sorgenfalten meiner Mutter. Die Nachbarschaft hingegen findet es *unterhaltsam* und *mal was anderes.* Konrad, der Katzenhund, und ich verdrängen zwischenzeitlich sogar die Obdachlose, die sich für Kleopatras Schwester hält, als Hauptgesprächsthema der näheren Umgegend. Warum ich Konrad zum Hund erziehe und warum Konrad es zulässt, kann ich heute rückblickend nicht mehr sagen.

Andere Hunde, richtige Hunde, reagieren zunehmend unentspannt und eines Tages endet Konrad zermahlen zwischen den Zähnen einer Französischen Bulldogge. Ich, geschockt, gehe mit Schmerzensgeld in Höhe von 500 Euro, mehr hatte die Bulldoggenbesitzerin zufällig grade nicht bei sich, katzenlos, mit blutiger Hundeleine nach Hause. Tragisch, tragisch. Ich fühle noch heute, was ich damals fühle.

Diese seltsame Kälte. Hätte ich Schamhaare gehabt, wären sie mir zu Berge gestanden.

Im Vorraum kreischt keine zwei Stunden später meine Frau Mama, als sie auf die blutige Leine am Haken stößt. Ein paar von Konrads Nackenhärchen kleben noch daran. Ein Massaker von Manson-Ausmaß.

Sie denkt, sagt sie später, ich hätte das Kätzchen rituell geopfert. Ich verschweige das Schmerzensgeld und verprasse es mit Fast Food, einer kubanischen Zigarre, Gewaltspielen, der Sandra-Bullock-Blu-ray-Fan-Edition und John Osbornes Klassiker *Blick zurück im Zorn*. Und ich denke, jawohl, *so* müsste man schreiben können.

Keine drei Wochen nach dem Ableben des armen Katers werde ich endgültig vom Stimmbruch überfallen. Monatelang krächze ich nur noch vor mich hin, die reinste Tortur für mein Umfeld, aber ich fühle mich recht männlich, beinah texanisch dabei.

17
Frühe (misslungene) literarische Geh- und Stehversuche

Was ich nach der Trennung der Erzeuger *wirklich tue*, ist nämlich was anderes. Während sich die Mitschüler und innen in den sozialen Netzwerken rumtreiben, Duckface-Fressen und Statusupdates zur Schau stellen, sich verlieren, verirren in schlimmen Schießspielen (»Dass du mir das *ja nie wieder* spielst!« – »Wenn ich jetzt eine richtige Waffe hätte, könnte ich dir *so richtig schön* den Schädel wegballern!« – »Huch, Walter, hast du gehört, was unser Kind soeben verlautbart hat? Das hat er mit Sicherheit von deiner Seite der Familie!«), sich jedem noch so sinnbefreiten Trend hingeben, sich Hunde- und Katzenschnauzen und riesige, dämliche Augen verpassen, schreibe ich.

Notizbüchlein, dunkelgrün, gelb gepunktet, ist immer dabei. Kopf vergisst man ja auch nicht, also zumeist. Vieles beeinflusst mein Schreiben. Die ungenießbare Kakaopackung, der noch nicht, aber bald geisteskranke Vater, die noch nicht, aber bald Liebhaber wie Unterwäsche wechselnde Mutter, das eingebildete Schwesterchen (Klara Klarvoyant Klieber), der Vorbau der Lehrerin im Geografieunterricht, ihre Lippenform, wenn sie *Windhose* oder *Kalkalpen* sagt, der letzte meiner Milchzähne (Verabschiedung mit tränenreichem WC-Begräbnis), die neuen Hochhäuser, bei denen man ohne größeren Aufwand bis in den zwölften Stock spannen kann, oder ganz einfach nur der Nussbaum im Park, schräg gegenüber meinem Kinderzimmerfenster.

Vor wenigen Monaten, vor der Hodengeschichte, finde ich beim Aufräumen das Notizbüchlein, dunkelgrün, gelb gepunktet, aber nun mit dicker Staubschicht überzogen, wieder.

Dass ich das noch habe, denke ich. Ein Relikt, ein Zeugnis meines einstigen Unvermögens. Erste Seite, gleich ein (Gedanken)Gedicht (»August 2017«): *Geh danken, sofort! / Geh danken, lange, / für alles, was du gekauft / bekommen hast / und noch gekauft / bekommen werden wirst, / sonst sagt man noch: Undank/barer Junge!*

Schrecklich. Der Erdboden möge sich still und heimlich auftun und die ganzen üblen Gedichte in diesem vollgerotzten Notizbüchlein ein für alle Mal verschlucken. Und sämtliche gleichfalls enthaltenen Prosamurksereien natürlich ebenso. Nichts, denke ich mir, soll, nichts darf davon übrig bleiben. Aber, versuche ich mir einzureden, wer hat denn schon mit elf, zwölf oder auch vierzehn Jahren die literarische Weitsicht? Niemand natürlich. Die haben auch all diese Wunderkinder – Chatterton, Sagan, Maraini, Handke oder, na, wie hieß der eine noch gleich, der mit den Locken? Egal! – nicht gehabt.

Ich frage hinter – also hinterfrage – hinter vorgehaltener Hand, ob es überhaupt einen Sinn gibt. Unsinnig, die Sinnsuche. Eben ganz einen auf Existentialisten-Jungpoet. Ich paffe mit zwölf, dreizehn einige Wochen lang mit abgespreiztem kleinen Finger (aber nicht mehr schnippend) die Zigaretten, die ich meiner Großmutter mütterlicherseits entwende, lese dabei *Kah-müh* und auch *Sah-trä*, ja und sogar *Schee-nee*, angestaubte Uralt-Klassiker eben. Ich kaufe mir die Bücher in Französisch, der Sprache der Liebe und des Existentialismus. Von beidem habe ich wenig Ahnung. Und das bleibt so, weil ich kein Französisch kann. In der Schwebebahn tue ich aber so, als ob und präsentiere meine französischen Bücher, für jeden sichtbar.

Ja, schaut nur her. Der Draufgängerbursche hier liest was in romanischer Sprache. Teufelskerl.

Ich besuche emsig, zeitweise mit Konrad, dem Katzenhund, zeitweilig auch mit Valerie Wiebke Steinmetz, einer Kurzzeitaffäre – ich dreizehn, sie sensationelle vierzehn und überaus üppig –, Lesungen von irgendwelchen Leuten, von denen es heißt, sie seien bald nicht mehr irgendjemand, sondern *jemand*. Kleine, kurzhaarige Frauen mit rotumrandeter Brille und Buckelansatz sitzen da vor hundert Menschenkindern und piepsen ihre Gedichte. Dürre, pockennarbige Männer mit Seitenscheitel und grünumrandeter Brille donnern was von ihren Sexabenteuern, die es nie gegeben hat oder jemals geben wird, schwafeln von Romanfragmenten oder Novellenentwürfen und merken an, dass sie derzeit an ihrem Theatererstling arbeiten. Titel? Titel ist scheißegal. Ein Titel schränkt ein. Titel sind nur Schall und Rauch. Erstling, Debüt, das ist wichtig. Danach sind sie alle monstermäßig motiviert, die Fragen zum vorgelesenen Textauszug zu beantworten, aber dummerweise gibt es keine Fragen (außer vielleicht irgendwann, sofern vorhanden, von einem »Moderator«) und der sich anschließende Abschlussapplaus ist ein ausschließlicher Mitleidsapplaus.

18
Nachträgliches und Allfälliges

Ich richte den Fokus noch einmal *auf Schule*. Beinahe hätte ich ihn unterschlagen, verständlicherweise vielleicht, nach all den Jahren. Martin Peter Singheiser, mein Gymnasialsitzpartner, ganze vier Jahre lang. Pummelig, schweißhändig, nicht gewillt zu wachsen, außer in die Breite und über mehr als zwei Jahre lang stimmbrüchig. Er ist das, was man einen klassischen Außenseiter nennen könnte, einer, der, genau wie ich, gar nicht zu den »Coolen« und »Angesagten« dazugehören möchte. Ab und an reden wir miteinander, aber meist nur kurz und ja nichts Zwischenmenschliches. Wenn man seiner Seite des Tisches zu nahe kommt, zuckt er zusammen und rückt ganz an den äußeren Rand seines Sitzplatzes. Ich frage mich damals, anfangs, warum. Sein ganzer, massiver Körper setzt sich in kürzester Zeit in Bewegung, um einer eventuellen Berührung aus dem Weg zu gehen. Am entlegensten Zipfel des Tisches (wenn man so sagen darf) fühlt er sich dann wohl. Nach einer gewissen Zeit weiß ich, dass ich in einen bestimmten »Pufferbereich« meiner Tischhälfte besser nicht vordringen, ihn einfach meiden sollte – quasi leben und leben lassen. Es ist in Ordnung.

Singheisers Mutter, wie ein Fetzenweib angezogen (ich erinnere mich an ein zerfranstes, neonpinkes T-Shirt mit der Aufschrift *schön und villenlos)* und schon damals uralt, begleitet ihren Jungen jeden Tag zur Schule. (Offenbar hat sie sonst nicht viel zu tun.) Von ihr heißt es, sie habe ein gröberes Alkoholproblem und tatsächlich scheint sie manchmal mit einem benebelten Ausdruck schwermütiger Wermut-Wehmut glasig in die Ferne zu blicken. Von hinten wirken die beiden wie ein altes Ehepaar. Über den Vater redet er nie und ich frage auch nicht nach. Einmal bin ich zu seiner Geburtstagsfeier eingeladen, ich glaube, es war die erste, die er überhaupt je gemacht hat, und außer mir ist nur sein südkoreanischer, ausgehungert wirkender Austauschschüler

da, der all seine Fragen / Antworten / sonstigen Gesprächs-
beiträge unter Zuhilfenahme von Google Translator formu-
liert und dessen dicke Brillengläser beim Raclette, das auf-
getischt wird, beschlagen.

»Können Soo-Kim von Singheisers noch haben etwas aus-
schweifende Portion für zum Essen?«

Am Vortag dieser Feier, fast hätte ich es verdrängt, sagt
mir meine Mutter, dass ich, wenn es nach ihr gegangen wäre, noch ein Geschwisterchen, bevorzugterweise ein braves
Mädchen, hätte bekommen sollen. Sie und der Herr Papa
hätten »daran gearbeitet«, aber es habe einfach nicht klap-
pen wollen, wahrscheinlich »aufgrund der exzessiven Ona-
niererei« meines Vaters.

»Ich wollte das bitte nicht wissen!«, sage ich in Richtung
meiner Mutter und schwanke aus der Küche.

Nach der Schule verlieren Singheiser und ich uns aus den
Augen. Was der Vogel heute wohl macht, hab ich mich schon
so manches Mal gefragt. Sicher was im Bereich Medien.
Und sicher wird er keine Haare mehr haben! Kahl wird er
sein. Kahl und fett. Und ganz sicher wird er noch *bei Mutter*
leben, sofern sie noch lebt – sofern *er noch lebt.*

19
Von den schweinischen Gedanken
eines Halbwüchsigen

Von einem Tag auf den anderen. Futsch. Aus. Perdu. Gute
und artige Literatur interessiert mich nicht mehr die Bohne.
Mit abgespreiztem kleinen Finger rauchen? Uninteressant.
Kah-müh? Uninteressant.

Da stimmt doch was gehörig nicht. Kletus (also ich höchst-
selbst) Klieber ist einer, der in der Pubertät keine Gelegenheit auslässt, schweinisch zu denken. So gut wie alles ist für
mich Erregung. Überall brechen Brüste und Vaginen über
mich herein. Ich fühle mich überreif für den Beischlaf (der

aber noch lange auf sich warten lassen wird). Den Augen meiner Mutter scheinen meine sündhaften Gedanken nicht zu entgehen. Sie setzt den gleichen Blick auf wie damals, als der Großvater der Katalanin vom Lebensmittelladen um die Ecke auf den Busen starrte, sehr offensiv, trotz sehr tiefem, einladenden Ausschnitt. Ernte: Zorn der Tochter, Zorn der Ehefrau. Meine Mutter meint damals, noch ganz Pränymphomanin, dass jeder, der »Titten« sagt oder solche anstarrt, zum Wohle aller in eine Besserungsanstalt gesteckt gehört.

Alleine, nur für mich, nachts im Bettchen sage ich es aber. Leise, ganz leise, denn die Mutter hat ein bemerkenswertes Gehör.

»Titten!«, »Busen!«, »Brüste«, »Klitoris!«, »Möse!«, »Vulva, hihi«, »Fuck«, »Fick«, »ficken«, »Kizler ... hihi«, »Nippel ... Nip-pel«, »reinstecken!« – was für tolle Wörter! Und klar, zugegeben, notgedrungen zweckentfremde ich die Schreibhand. Die Tage und Nächte sind jetzt vollgepfropft mit diesen Hormonen, die mich überall anspringen, mir auflauern, unterm Bett, auf der Toilette, der Wohnzimmercouch – die reinste Tortur.

Regelmäßig ein und derselbe Tagtraum. Eine riesige, beleibte Ausgabe von Peppermint Patty stolziert in mein Zimmer. Ich, gerade ganz brav am Aufgabenmachen und am keusch Dasitzen und philosophisch denken wollen, starre sie an, sie starrt zurück, kaut dabei lasziv, inklusive Schlafzimmerblick, ein Kaugummi und geht dann nonchalant zu meinem Schreibtisch und beugt sich ausgerechnet so herunter, dass ich alles im üppigen Ausschnitt erkennen kann.

»Bitte nicht – ich muss lernen!«, flehe ich.

»Na komm, du kleiner Tunichtgut!«

»Nein ... ich muss jetzt für die Schule ... Unbedingt ... muss ich ... Oberste Order ist, sich nicht ablecken, ich meine *ablenken* zu lassen, nur dann, äh, nur dann hat man Erfolg!«

»Oh, ah, schau an. Ich mag Erfolg, ich liebe ihn. Und wenn du viel lernst, Tunichtgut, wirst du am Ende noch mal genauso bedeutend wie Prof. Phil Latio, wenn du verstehst, was ich meine«, sie, hauchend, nahe meinem verschwitzten Gesicht, worauf es mir die Stimme verschlägt.

»Magst du sie groß und fett und rothaarig und sommersprossig?«, sie so, weiter im Programm.

Ich so: »Ich ... äh ... glaube ... also rothaarig und sommersprossig ... wäre ... schon ... geil.«

Ich sitze also am Schreibtisch und starre auf diese riesige, beleibte Ausgabe von Peppermint Patty und wache schließlich mit Latte grande über den unerledigten Aufgaben oder dem ungelösten philosophischen Problem auf. Auch die kommenden Wochen immer das Gleiche. Mal kommt Peppermint Patty alleine, lasziv wie immer, mal mit Pogo dem Todesclown und manchmal mit der Pornoikone Bridget the Midget.

In der Schule bin ich mit den Gedanken woanders, zuhause ebenfalls. Meine Mutter, jetzt mit persischem Teppichverkäufer als neuem Freund (womöglich Kompensation des Teppichverlustes von anno dazumal), bittet ihren ehemaligen Ehemann, mit mir ein *Vater-Sohn-Gespräch* zu führen.

Da sein Appartement gerade einer Kakerlakeninvasion zum Opfer fiel und deshalb voll von Kammerjägern und innen ist und er infolgedessen vorübergehend auf Safranskis Couch die Zelte aufgeschlagen hat, verabreden wir ein Treffen in einem Kaffeehaus.

Es ist ein Samstag. Ich weiß das noch genau. Strömender Regen, über Stunden hinweg, und keine Besserung in Sicht. Donner. Blitz. Kühl, viel zu kühl für die Jahreszeit. Ich pitschepatschenass ins Café Doverider. Überall an den Wänden schlecht gemalte weiße, graue, braune Tauben, teilweise beritten. Ich nehme direkt an der Bar Platz und warte, warte, warte. Nichts. Kein Vater, kein daddy-o, kein Daddy Cool. Nach fünf Energydrinks mit Kokos-Limette-Geschmack ruft mich meine Mutter an. Kurz und knapp sagt sie, ich habe es auch Jahrzehnte später noch haargenau im Ohr: »Dein Vater ist vom Blitz getroffen worden!«

Betretenes Schweigen. Schluck Kokos-Limette.

Er liege, so meine Mutter weiter im Bericht, auf der Intensivstation, habe aber wohl »mehr Glück als Verstand« gehabt. Dann legt sie auf. Ich lege das Geld für sechs Energydrinks auf den Tresen und gehe.

Ich fahre ins Spital. Als der Kontrolleur in der Straßenbahn meinen Ausweis verlangt, habe ich keinen. Stattdessen sage ich: »Mein Name ist Santiago Nasar!« Er blickt mich an. Kurz. Ungläubig. Schließlich ein halblautes »Sachen gibt's ... Buchstabieren, bitte!«. Ich buchstabiere, er notiert, dann wird es ihm zu blöd und er verschwindet ohne weitere Erklärung.

Mein Vater liegt im Tiefschlaf. Die wenigen Haare versengt. Schläuche führen aus seiner Nase und verlaufen sich von dort. Überall Schläuche. Ich gehe jeden Tag ins Krankenhaus. Freiwillig. Mein Vater, der Mann, der dem Blitz trotzte. Im Spital ist er durchaus ein Held. Arno »Flash Gordon« Klieber. Er ist für den Bruchteil einer kurzen Zeit auch tatsächlich für die Klatschblätter relevant und sogar die Nachrichten berichten über ihn.

20
O mein Papa
ist eine irre Mann,
o mein Papa
ist eine schöne Clown

In der Nacht nach dem Blitzschlag hat mein Herr Papa einen Traum. Eine junge Frau erscheint ihm, die aussieht wie Maria und von sich sagt, dass sie es auch sei, Maria, die Jungfrau Maria in persona. Sie trägt ein purpurnes Kleidchen, ein violettes Kopftuch und ringsherum Heiligenschein.

Kurze Probleme, verdutztes Zögern beim Gesprächseinstieg – ein Glück, dass sie beginnt:

»Arno Kleiber!«

»Klieber, ohne *ei*, wenn ich bitten darf!«

»Do eat yourself!«

»Wie meinen, die Dame? Selbstkannibalismus? Sind wir *eingeschneit?* Schwitzen wir *auf dem Trockenen?«*

»Selbst es machen, einfach!«

»Ach, ›do it yourself!‹ – verstanden!«

»Seltsam, sehr sogar, bist du!«

»Dan-keee!«

»Du wirst Großes noch schaffen, sei gewiss dir dessen! Eine Art von Auserwähltheit!«

»Unglaublich. Im Schulsport früher wurde ich immer als Letzter …«

»Schweig nun! Du sollst wissen, dies ist deine Bestimmung. Der Blitzschlag war der zweite Streich. Die Erleuchtung. Jetzt bist du bereit. Jetzt kannst du schalten und walten, wie es dir beliebt.«

»Danke. Werde ich mich morgen noch an das erinnern, was Sie da sagten?«

Und schon geht sie zurück in die Richtung, aus der sie kam. Keine Antwort. Alles klar.

Nachdem die Heilige ihren Auftritt fix beendet und die Bildfläche verlassen hat, fluten unzählige Ideen die Synapsen des kreativen Feingeists meines Vaters. Er fordert unter anderem die 50-Minuten-Stunde, die im 28-Stunden-Tag resultieren werde, eine Interpretation der zwanzig schönsten Bach-Kantaten mit Didgeridoo und Vuvuzela, die Vollverteilung einer Tüte Sütterlinbuchstabensuppe an alle Haushalte per Postwurf sowie ein vollkommen neues Schönheitsideal, das nur Extreme kennt und gutheißt, zum Beispiel besonders langgebogene Nasen, lieblich-tiefe Tränensäcke oder sinnlich-wulstige Unterlippen.

Ein weiteres Hirngebilde dieser Nacht: Hymnen, gesungen von einem Chor, zusammengewürfelt aus 127 der schönsten Handballer und Handballerinnen, lobpreisen ihn, als er nach kurzem Austreten in seinem weißen Talar in einen plötzlich bis auf den letzten Platz vollbesetzten Saal zurückkehrt. Niemand flüstert, nur ehrfürchtige Blicke erntet er, wie Bauern den Mais, und seine Mutter, denkt er, wäre zu

Tränen gerührt, wenn sie ihren einzig-, aber nicht artigen Sohn so sähe, worauf er spräche: »Lass fließen, die Tränen, Mutter!«

Die Träume dieser Nacht begleiten meinen Vater für die nächsten Jahre. Er wird sich nun immer sicherer, dass göttliche Fügung (und Führung) über ihm schwebt.

Countdown
28 Minuten

Die Alte neben mir, die jetzt schwer atmet, hat sicherlich noch nicht mal regelmäßig den Lokalteil irgendeiner Zeitung gelesen, und wenn, dann von Zeitungen, mit denen ich höchstens, wenn Not am Papier wäre, auf die Toilette gehen würde. Und sie gehört auch mit Sicherheit zu jenem Menschenschlag, den es immer schon gab und immer geben wird, der Punkt 12 Uhr irgendeinen Raum betritt und allen Anwesenden »Mahlzeit!« wünscht, vollkommen unabhängig davon, ob in dem Raum überhaupt je gegessen wird beziehungsweise irgendjemand gerade Anstalten macht, sich in so etwas wie eine Pause zu verabschieden oder nicht.

Ich blicke mich um. Die Lampe über mir flackert und surrt. Leise, aber doch. Manchmal denke ich wieder an Guam. Da sind die Leute doch viel genügsamer. Ein paar Bananen, Papayas, Kokosmilch, Limettensaft – und gut is es. Guam, ja, davon aber erst später noch mehr, sonst kennt sich der Leser gar nicht mehr aus und sagt sich nur: Verliert der Klieber jetzt am Ende also Hoden *und* Verstand? Wär ja kein Wunder!

Nein, versprochen, alles der Reihe nach. 27 Minuten. Die Höhepunkte, die persönlichen, meine ich, kommen hier erst noch. Ich möchte allerdings gar nicht daran denken, dass ich nun – mit nicht einmal vierzig Jahren – sämtliche Höhepunkte bereits *hinter mir* haben könnte, die Butterseite quasi, dass alles, was ab jetzt noch kommen wird, lediglich ein winziges, mit extrascharfem, ungenießbaren Dijon-Senf bestrichenes hartes Brot sein könnte.

21
Vom Cheesysein

Im richtigen Lichte lässt sich alles besser betrachten, vor allem das eigene Leben. Nicht verklärend oder sonst was, sondern subjektiv, wie überhaupt alles im Leben. Eine Wahrheit gibt es nicht. Auch nicht zwei. Im Laufe eines Lebens gibt es hunderte Wahrheiten, das ist bei mir nicht anders, und warum sollte es auch ...

Meine Frau Mama mausert sich, wie erwähnt. Anfang fünfzig ist das neue Ende zwanzig. Sie zieht sich kürzer an, also, in Anbetracht ihrer so oder so bestehenden Kürze, *ultrakurz*, und geht, je kürzer die Kleidung wird, umso länger weg. Sie besucht zweimal die Woche Pilates und nimmt Begriffe wie *endgeil*, *megacool* oder *cheesy* in ihren Psycholinguistinnenwortschatz auf. Mutters erster neuer Freund nach Vaters Blitz-Bekanntschaft: Leander Ulmann, (mäßig talentierter) Regieassistent, zudem mitwirkender Produzent zweier Dokumentationen *nach eigener Idee* (eine über den Zweiten Koreakrieg und eine über die Abschiedstournee der Breisgauer Softschockcombo *Feinschluff);* schleimige Haare und stets wohltemperierter, aufgesetzt sanftmütiger, dabei vollkommen rechthaberischer Tonfall.

»Kletus, das hast du jetzt nicht gut gemacht. Mach es doch noch mal. Deine Mutter würde sich sicherlich auch darüber freuen. Es ist übrigens immer schön, wenn man etwas gut und dann sogar noch mal besser macht. Ich bin wohl das beste Beispiel!«

Meine Mutter tut ganz verliebt, aber nach vier Monaten wird auch er der Vergangenheit angehören. Keine Sekunde wird er von mir vermisst.

Mit achtzehn dann (obwohl noch Schüler) zum ersten Mal genug von Hotel Mama, ich ziehe in eine Wohngemeinschaft. Die Miete erbettle ich durch Tanzen, so mein idealistischer Plan. Ein Grieche, der nach zwei Ouzos kriecht, Yannis heißt, in Tränen ausbricht, wenn er griechische Leiermusik hört; eine winzige Kolumbianerin mit meterlangen Wimpern und vollen Lippen, die aber nichts von einem Schlauchboot haben, oder wenn, dann von einem sehr sinnlichen, die auch noch Operngesang studiert und deren voluminöser Vorbau vibriert, wenn sie das dreifach gestrichene c trällert; ein übergewichtiger, turbotranspirierender Deutscher namens Dirk, mit hellblondem Schnauzer, der wie Dreck aussieht; eine dunkelhaarige, niederländische Schönheit mit skandinavischem Namen, Agneta, weil der Vater ABBA auf und ab gehört hatte; und eben ich, Kletus himself, der Berühmte in spe, als einziger Nichtstudent.

WG-Regeln, Haushaltsplan, mehr oder weniger witzige Sinnsprüche auf der Toilette (gleichfalls dort: Fotos von ganz, ganz exotischen Orten), Englisch sprechen, unschuldige Annäherungsversuche, aktiv wie passiv, Magenprobleme durch fremdländisches Essen, Opernmusik bis spät in die Nacht, quietschende Betten, unbestimmbare Haare im Dusch- und Waschbeckenabfluss, klebriger Wohnzimmerboden, zu viel Alkohol, zu wenig Alkohol, nicht genug Schlaf, zu langes Schlafen. Schnell wird mir klar, dass ich mein eigenes Reich brauche, über das ich uneingeschränkt herrschen kann. (Zudem bringen mir meine sporadischen Tanzversuche in der Fußgängerzone mehr Gelächter als Geld ein.) Ich also nach wenigen Wochen wilde weite Welt wieder zurück ins HM.

»Mutti, gibst du mir Geld für eine eigene Wohnung? Das WG-Gehause ist doch nichts für mich, ich fühl mich schon ganz krank ...«

»Ach Junge, natürlich bekommst du was.«

Diese Zeit ist recht anregend. Meine Mutter interessiert sich nur noch in geringen Dosen für mich, ich werde geduldet, genieße (bis zu einem gewissen Vorfall zumindest) Un-

mengen an Freiheiten, entdecke kurzzeitig die Wonnen exzessiven Computerspielkonsums. Eine latente Sucht macht
sich bemerkbar. Aber nur fast.

»Worum geht's denn da bei deinem Spiel?«

»Mom, ich steuere hier einen fiktiven Fantasy-Zwischen-
welten-Zeitreisenden, der mithilfe eines stetig wachsenden
Waffenarsenals einen geheim gehaltenen vatikanischen In-
dex entwenden und dabei gleichzeitig möglichst viele Kir-
chenfuzzis erledigen soll.«

»Aha ... mhm ... klingt aufregend.«

Bevor ich ein zweites und letztes Mal ausziehe, die (hilfrei-
che) Auflage: »Junge, da musst du aber auch ein *eigenes*
Geld verdienen!«

Mein erster Job also, nach der Schule (auch eine Art Job
immerhin), ganze sechs Wochen (mehr nicht, weil furchtbar
langweilig): Großkundenakquise für ein halbwegs bekanntes
Einrichtungshaus. Massig telefonieren. Diversen Firmen etwas einreden. Hochtrabende Worte wie *Sommer-* bzw. *Win-
terkollektion, Eins-A-Qualität, Wertanlage, Topkonditionen,
Bombenlieferzeiten, Flair, glamourös* entströmen tagtäg-
lich in achtstündiger Endlosschleife meinem gedankenlosen
Mundwerk.

Trippelditrapp die Stufen hinab, weil im minus zweiten
Stock, das Bewerbungsgespräch.

Ein Mann mit Triefauge links, im genschergelben Flanell-
pullunder an einem alten Mahagonischreibtisch sitzend.

»Guten Tag.«

»Hallihallo. Ich heiße Kletus Klieber, ein *k* weniger als im
Ku-Klux-Klan, nur *K und K* sozusagen. Quasi kaiserlich und
königlich.«

Ein Grinsen von einem Mundwinkelende zum anderen,
obwohl der Witz längst Hipsterbart trägt. Das Eis ist gebrochen, das linke Auge trieft vor Ekstase.

»Na dann, Herr Klan – halt, *Klieber*, was kann ich für Sie
tun? Weswegen, was denken Sie, sind Sie hier?«

»Ach, Sie sehen hier einen halbwaisen jungen Mann vor sich, dessen Vater vor nicht allzu langer Zeit den Verstand verlor ...«

»Was mir mein Herr Papa jedoch zeit seines zurechnungsfähigen Lebens einbläute, obwohl er nie zuschlug, lautete: ›Junge, finde bitte baldigst einen Beruf, der dir so viel Geld einbringt, dass mein Monetenportal es ebenfalls mitkriegt.‹ Ich würde also gerne in Ihrer Firma arbeiten wollen«, fahre ich nach kurzer, dramatischer Pause fort und erhalte schließlich die Stelle.

Ich bestehe zu dieser Zeit auch gleich im ersten Anlauf – surprise, surprise – bravourös die Führerscheinprüfung.

»Klieber, Klieber, Klieber ... Da gab's doch mal einen, der hieß *ungefähr genauso* ... Einen derart unfähigen Fahrschüler habe ich in meinen mehr als vierzig Berufsjahren kein zweites Mal erlebt! Sind Sie mit diesem dauerdurchfallenden Rekordrassler und ewig laufenden Sitzschwitzer etwa zufälligerweise auch noch verwandt?«, der Methusalem von einem Fahrprüfer gleich bei der Begrüßung so zu mir.

Etliche Schweißperlen und unzählige umständliche Sitz- und Spiegeleinstellungen später antworte ich: »Aber nein! Ich wurde von Wöl..., von Mönchen aufgezogen. Und *Klieber*, so ein Allerweltsname – ich weiß gar nicht, wieso Sie da jetzt mich ins Spiel bringen ...«

Die Antwort reicht ihm, kein Verdacht.

Vater – wahrscheinlich *heute noch* Legende unter Fahrschülern.

Und innen.

Countdown
25 Minuten

Ob die Ehe meiner Eltern wohl von Anfang an unter einem schlechten Stern stand? Vielleicht war sie ja so vielversprechend angedacht wie die Hauslehrerschaft Descartes bei Christina von Schweden (ich alter Klugscheißer!) und vielleicht hat es dann einfach ebenso furchtbar enden müssen. Eine sehr müßige Spekulation. Hatte vielleicht doch auch ich Schuld daran? Das wäre meine andere müßige Mutmaßung.

Ich blicke auf die Uhr. Da tut sich gar nichts. Die Minuten gehen praktisch rückwärts. Die reinste Uhrgewalt.

Hab ich eigentlich heute schon den Müll runtergetragen, ich so denkend. Immer diese Alltagssorgen ...

»Und – schreiben Sie gerade schon wieder an einem neuen Buch?«, fragt die Alte allen Ernstes. Schon wieder. *Schon wieder.*

»Och, ich hab tausend Ideen. Nichts Konkretes zur Zeit, aber demnächst wird sicher wieder was Großes, Geschmackvolles kommen!«

O ja, ich werde nach dieser ganzen Tortur hier wieder schreiben, wie ich es immer getan habe. Ich habe mich ohnehin viel zu ausufernd mit der Pflege meiner Neurosen beschäftigt, die ich seit einigen Monaten wieder intensiv heranzüchte. Dieses ständige unangebrachte Räuspern etwa. Jetzt gerade eben hab ich es wieder getan. Und dann diese Na-jaaaah-Sagerei, die ich oft auspacke und die andere irritiert, weil, na ja, *na jaaaah* eben eine ... Kombination zweier Wörter ist, die – irritiert. Ich habe mir auch einen stolzen Gang angeeignet, damit jeder gleich weiß, dass ich nicht irgendein Dahergelaufener bin. Kinn und Nase gut fünf Zentimeter nach oben gerichtet, Brust vorgereckt durch Ineinanderlegen der Hände am Steißbein, den rechten Fuß leicht, nicht besorgniserregend nachschleifend. Ein Gang, der jedem Orthopäden klaffende Sorgenfalten auf die Stirn treiben würde. Eigenwillig eben, denk ich mir. Andere, die den Gang sehen, denken sicher, ich sei ein Bedeutender, dem sein bedeutendes Bein eingeschlafen ist.

Eh alles Inszenierung. Inszenierung A und O. Truman Capote hat sich ja auch dieses Näseln angeeignet, Salvador Dalí das Zwirbeln seiner Schnurrbartspitzen, James Joyce hat sein Augenleiden und sein Humpeln kultiviert, Emily Dickinson und Elfriede Jelinek ihre panische Angst vor Menschen, Oscar Wilde seine Bohemien-Visage und die Schuhpaste in den Haaren.

Die Alte sagt: »Na, das hört sich doch vielversprechend an! Also, ich bin auf jeden Fall gespannt, auch wenn ich natürlich keine Silbe davon lesen werde.«

»Na jaaaah!«, sage ich, was sie irritiert.

In der Ferne hustet jemand. Der Desinfektionsmittelgestank wird wieder penetranter.

Ein Mann, den ich einmal bei einer Lesung treffe, rät, ich solle, um mich noch interessanter zu machen, als ich es ohnehin schon sei, ein ausgefallenes Hobby betreiben und dieses dann medienwirksam, versteht sich, inszenieren. (Tuvinischer Obertongesang und 30-Tage-FKK-Waldbadmarathons seien aber für die nächste Zeit bereits, das möge ich bitte beachten und mitberücksichtigen, für ihn beziehungsweise seinen Zwillingsbruder reserviert.)

Ich überlege mir in diesem Moment gerade, ob ich womöglich im Morgengrauen heimlich älteren Damen von Hand geschriebene Betulichkeitslyrik in den Briefschlitz stecken sollte. In einer weißen, blutbesudelten Soutane vielleicht ...

22
Eine Ab- und Ausschweifung

Ich bin Ende achtzehn und stehe vor dem schulischen Ab-schuss, ich meine *Abschluss*, da passiert es. Niemand Geringeres als die »geile Giese«, grade zufällig in der Stadt und nach wie vor gertenschlank und langmähnig, ist zum Kaffee bei meiner Mutter geladen. Ich, gerade aus dem Kino, aus einem finnischen Avantgardestreifen kommend, erspähe Anna Giese am Wohnzimmertisch sitzend, ein Tässchen schwarze Brühe vor sich. Sie erspäht mich gleichfalls, meint, ich sei groß und kräftig geworden, und sagt, wir hätten einander zuletzt vor zwölf Jahren gesehen, woran ich mich naturgemäß nicht mehr erinnern kann. Sie eröffnet mir, die Frau Mama habe »vergessen, was Süßes zu besorgen« und sei noch mal kurz außer Haus. Gefühle, schwer einzuordnen. Nachwehen vom finnischen Film? Wohl kaum! Erregung? Wohl eher! Sie fährt kokett den rechten Zeigefinger aus und lotst mich zu sich.

In einem Anflug von Kannibalismus beginne ich an einem ihrer Ohren zu knabbern. Animalisch. Sie – erfahren, ich – zerfahren. Sie – ergraut, ich – erstaunt (über das, was ich da sehe). Alles doch recht ungewohnt noch! Mein Hormonpegel erreicht Hochwasserlevel. Anna Giese, einst allerbeste Freundin meiner Frau Mama, ist also *diejenige welche*. 49 Jahre zählt sie, hat bereits unterirdische Eltern und ihr Gesicht beherbergt neben Falten und ausgebleichten Sommersprossen, die nahtlos in Altersflecken übergegangen sind, auch wunderbare blaue Augen.

»Du bist ja richtig ungezogen!«

»Nein, nein. Ich trag die Sachen schon den ganzen Tag.«

»Und witzig bist du auch noch!«

»Das ist vererbt. Mein Vater bringt die Leute schon zum Lachen, ohne überhaupt was zu sagen.«

»Mit Grimassen?«

»Mit seinem Aussehen. Früher, da hatte er immerhin noch

selbst einen Sportwagen, jetzt hat er nur noch die wenigen Haare, die viele Sportwagenfahrer haben, ganz besonders die Ca...« –

»So, genug geschwätzt!«

Wir sind erst kurz dabei und ich mittendrin, auf dem Wohnzimmerteppich, »Well done, Kletus« denkend, da platzt die Frau Mama rein, mit einem Einkaufssack voll Süßem. Zum Kaffee. Blicke. Augenblicke. Zornesblicke. Blicke der Verachtung. Tränenreiche Blicke. Blicke der grenzenlosen Enttäuschung. Die geile Giese, aufgeschreckt, ihre Blöße bloß mit der Hand bedeckend, keucht ein »Es ist das, wonach es aussieht!«, dann klaubt sie ihre Kleidungsstücke zusammen und läuft, wirklich rasch für ihr Alter, zur Wohnungstür raus. Nie wiedergesehen, die gute Giese, seitdem, und auch nie versucht, das zu ändern. Von ihr hingegen zumindest einmal, lange Zeit später, eine Art Lebenszeichen. Kurz nach meinem riesigen Romanerfolg flattert eine Karte rein. Wortlaut: »Du entwickelst dich prächtig, ich bin stolz! Deine G. (Vielleicht errätst du's ...)«

Für Mama ist es nur schwer zu ertragen, dass ausgerechnet eine alte Freundin mich zum Mann machte, auch wenn sich ihre Lebenswege längst getrennt hatten und man sich, wer weiß, vielleicht ohnehin nie wieder getroffen hätte. Kurz nach dem ersten Geschlechtsakt sprießen auch endlich Bart- und Brusthaare. Nun ist meine Jugend wirklich zu Ende, ich werde mir eine neue Planung zurechtlegen müssen, denke ich.

Der Abschlussball damals entpuppt sich schnell als äußerst fragwürdige Angelegenheit, bei der Kletus »der Entjungferte« Klieber ausschließlich von den Bezahnspangten unter seinen Mitmaturantinnen zum Tanz aufgefordert, ja, eigentlich (wenn auch in Gentlemanmanier) genötigt wird. Schnelle, unberechenbare Taktwechsel zwischen drei Achtel, vier Fünftel und sechzehn Neunundzwanzigstel geteilt durch zwei machen mir das Leben schwer und den Mädchen die Zehen wund. So geht die Schulzeit – Trommelwirbel – zu Ende. Zäsur.

Als mich nach der Zeugnisausgabe irgendein Lehrer fragt, ob ich nun Militärdienst oder ein soziales Jahr plane, antworte ich, dass ich mich zu nichts von beidem berufen fühle. Militär sei sinnentleert und Kletus Klieber vielleicht vieles, aber *sozial* bestimmt nicht.

Nach dem Giese-Abenteuer spiele ich mir im Übrigen vor, ein Draufgänger vom allerhärtesten Schlag zu sein. Ja, ich lerne in den Monaten danach viele Mädchen und Frauen kennen, führe sie ab und an aus, ins Kino, in den Zoo oder in Schnellimbisse, mache Komplimente, kratze mir meinen Drei-Wochen-Bartflaum, gebe vor, es sei ein Zwei-Tage-Bartflaum, rede davon, mich bald unter Umständen »übers Wochenende *Ganzkörper* tätowieren« zu lassen, stopfe mir mit zwei Dutzend Wattebäuschchen die Unterhose aus, küsse viel und sage auch gerne mal, wenn es mir *zu ernst* wird, dass ich nun dringend *auf jeden Fall mehr Abstand* benötige. Klassiker.

Countdown
22 Minuten

»Beten?«

»Wie bitte?«

»Ich meinte, ob Sie beten. Bewirkt mitunter wahre Wunder.«

»Nö, hab ich paarmal versucht. Als Kind, als sich meine Eltern getrennt hatten. Hat so ziemlich genau *gar nix* bewirkt!«

»Na, wer wird denn da gleich aufstecken, junger Mann!«

»Ich, wenn Sie mich hier weiter so in dieser Mutter-Teresa-Manier zu missionieren versuchen«, sage ich in harschem Ton.

Die alte Frau neben mir blickt salbungsvoll-diabolisch.

Ihr Blick sagt – sonnenklar für mich: *Furchtbar, dieser Mensch! Selbst als Sterbender kann er nicht eine Sekunde lang ernst sein. Seine Krankheit hat er sich durch derlei Albernheiten wahrhaftig verdient.*

Ich sage nichts. Ich denke nur. Die ist sicher vom Verlag auf mich angesetzt worden. Vermutlich fragt sie mich gleich nach meinem Testament, zwecks Nachlass und so, und dann kommen die nächsten acht Jahre regelmäßig die vielen unvollendeten oder verworfenen Manuskripte heraus. Und irgendwann verramschen sie noch meinen Mailverkehr.

Kl@tus – Der kompl@tte E-Müll
Korrespondenzen 2017–2044

Die Rechte für ein zweitklassiges Doku-Porträt sind sicher eh längst unter Dach und Fach, mitsamt unsäglichem Titel wahrscheinlich, à la *Kletus. Vincent. One-Hit-Wonder.* Und dann werde ich in eine Reihe mit J.D. Salinger, Harper Lee und Patrick Süskind gestellt. Und eine emsige junge Literaturstudentin wird mich Jahre nach meinem Tod wiederentdecken und eine kommentierte Werkausgabe edieren. (Auf dem Cover hoffentlich jenes hübsche Selfie im Gartensessel, das ich damals am ersten schönen Sommertag, kurz nach dem Einzug ins Haus gemacht habe. Sybille mochte es immer.) Und plötzlich werden Horden von weiteren emsigen Literaturstudenten und innen zu meinem Grab pilgern.

Schluchzend werden sie biologisch abbaubare Blumen niederlegen und aus meinen Werken lesen, auch und vor allem aus denen, die ich definitiv nur für die Schublade (fertig)geschrieben habe, weil sie mir viel zu minderwertig erschienen. Friedhofshappening, womöglich auch spontane Selbstentzündungen aufgrund überbordender Trauer. Sämtliche Orte, an denen ich irgendwann mal war, wie hier beim Arzt, sowie die Parkbänke und Cafés, auf und in denen ich geschrieben habe, werden, wie auch mein Geburtshaus und die

Wohnung meiner Mutter, zu Pilgerstätten für meine Anhänger und Anhängerinnen. Rufe im Stil von »Warum er, warum nicht ich?«, »Er war ein so guter, so dermaßen guter Mensch, der es verdient hätte, am Quell des ewigen Lebens und Schaffens zu hausen« und »Ein gut aussehender, intelligenter, eloquenter und gut bestückter Poet, der viel zu früh von uns ging« würden sich mit grenzenlosem Gewimmer abwechseln.

23
In dubio pro Irrwitz

Irgendwann passiert es – der genaue Zeitpunkt ist mir auch heute, Jahrzehnte später, noch unklar –, da verliert mein Erzeuger vollends den Verstand. Das passiert alles wirklich schleichend, aber doch auch furchtbar schnell. Schon die Monate davor immer sonderlicher: Vorm Spiegel stehend wilde Fratzen schneidend, wild gestikulierend ...

Was der Grund für den Wahnsinn meines Vaters war, lässt sich rückblickend nicht sagen. Es gibt natürlich Tage, an denen ich mir einrede, ganz auf Selbstkreuzigung sozusagen, dass ich es war, der diesen Wahnsinn in ihm auslöste.

Er leidet unter fixen Ideen, Gedächtnislücken, Wahnvorstellungen und lässt unumwunden immer Irrsinnigeres vom Stapel.

Meerschweinchen sollen sich mit Menschen paaren dürfen.
Robotertaschenmesser niemals in Nähe der Genitalien ablegen.
Antipoden sind eine Erfindung von Nazi-Deutschland.
Wenn man lange genug in die Mikrowelle oder auf Wellpappe starrt, dann bekommt man das zweite Gesicht.
Callcenter plus Egoshooter in richtiger Kombinationsdosis können zur Potenzsteigerung beitragen.
Aussprechen von Wörtern mit übermäßig häufigem [k]-Laut vermeiden, da sie zu Kehlkopfreizung führen können.

Er schart, sich *neuer Messias* nennend, andere verlorene Seelen um sich.

Messias: Aus dem Hebräischen, bedeutet so viel wie »der Gesalbte«. Das hebräische Wort ist übrigens auch Vorbild für die griechische Lehnübersetzung Christós – »der Gesalbte«.

Sagt jedenfalls Herr Duden und der gute Konrad irrt sich bekanntlich nie!

In einem kleinen Abbruchhäuschen abseits der Stadt nistet sich die Kommune ein. Während ihrer Messen bröckeln nicht selten massive Teile der Wände ab. Die Kommunarden und innen treten geschlossen im Hippie-Jesus-Retrolook auf und grasen in Grüppchen die Umgebung nach Seilpflanzen (sic!), nach »Zeichen« und »NICHTZEICHEN« ab und retten Regenwürmer, Schnecken und Kleininsekten vor einem »grausamen Automobiltod«. Sie nennen sich »Die Gelobten«, mein Vater möchte sich die Bezeichnung markenrechtlich schützen lassen – was nicht gelingt. (Zwischendrin verbringt der Herr Papa natürlich auch mal eine längere Zeit in der Psychiatrie. Dort ist ihm aber weniger behaglich zumute.) Meister und Messias und zwei, drei, vier, fünf, sieben, acht, neun Schäfchen. Der andere Meister der Stadt, der der Bürger, ist wenig erfreut.

»Dürfen die denn da einfach so in meiner Stadt leben?«

»Solang sie Grundsteuer zahlen und niemand ernstlich zu Schaden kommt, wahrscheinlich schon!«, die prompte Antwort von kompetenter Stelle.

An seinem 50. Geburtstag hat mein Vater Arno Klieber seine Bankervita längst ad acta gelegt und sein altes Leben komplett hinter sich gelassen. Er ist gegen alles. Kampf dem Kapitalismus. Kampf der Bildschirmüberwachung. Kampf dem Pupillen-Scan. Kampf dem unaufhaltsamen technischen Fortschritt. Kampf der Ehe. Kampf dem Friseur. Kampf dem

Seelenheil. Nichts ist mehr so, wie es einmal war. Geld? Weder das Wort noch die Tat mag er mehr leiden. Weg vom entsetzlichen Materialismus. Auch ich werde kritisiert.

»Du bist eine Geisel des schnöden Mammons!«

Diskussion sinnlos.

Sein Hausarzt, seine Neurologin und seine Mutter schicken meinen armen Herrn Papa immer und immer wieder zum Psychiater. Frei nach dem Morgensternschen Motto *dass nicht sein kann, was nicht sein darf!* Exemplarischer Erstsitzungseinstieg: »Stellen Sie sich bitte vor, Herr Klieber, Sie wanderten durch ein Maisfeld. Der Mais ist hochgewachsen und bietet Ihnen Schutz. Sie fühlen sich geborgen. Nichts, rein gar nichts kann Ihnen in diesem Moment irgendetwas antun. Scheinbar eine Ewigkeit können Sie sich durch das Maisfeld bewegen, ohne auch nur eine Sekunde an die Anwesenheit eines anderen Menschen zu denken. Sie fühlen sich in dieser Umgebung groß. Groß und unantastbar. Unantastbar und stark. Stark und konsequent. Wie fühlen Sie sich? Fühlen Sie sich göttlich, Herr Klieber?«

»Ja, das tue ich!«

»Warum – was denken Sie – glauben Sie, messianische Fähigkeiten zu haben, Herr Klieber? Wissen Sie, was Freud dazu sagen würde?«

»Nein. Es ist mir auch egal! Ich gehe jetzt ... Soll ich Sie noch rasch segnen?«

»Danke, nein – vielleicht beim nächsten Mal.«

»Am Arsch! Ein *nächstes Mal* können Sie sich in den Hut stecken!«

Im Abbruchhäuschen, das regelmäßig Polizeibesuch bekommt, wohnen bald fünfzehn Menschen. Mithilfe einer alten Druckerpresse stellen sie Flugblätter her, sogar eine eigene Website wird kreiert, alles gespickt mit den Geboten meines Vaters und untermalt von dutzenden Fotos, die die Kommune beim Verteilen dieser Gebote (an strategisch vielversprechenden Orten wie Übergrößengeschäften, Ramschläden, Autowerkstätten und Arbeitsvermittlungen) zeigen.

Für praktisch all seine Bekannten, zumindest für jene, die von seiner Wandlung erfahren haben, wird mein Vater zum roten Tuch. Seine Anrufe werden nicht mehr entgegengenommen, man schämt sich, ihn zu kennen, geht auf der Straße mit gesenktem Kopf an ihm vorüber. Nur der gute Safranski versucht zu retten, was nicht mehr zu retten ist.

Countdown
20 Minuten

Das Pauschalisieren liegt im Wesen der Wesen, vor allem der alten. Für die ist dann alles so oder so und nicht anders und alles ohnehin ein einziger Riesentopf Quark, in dem sie selbst dann die große kleingeistige Ausnahme sind, denke ich und blicke wortlos zur Alten hinüber. Die blickt starr vor sich hin. An die kalkweiße Krankenhauswand. Zwanzig Minuten. Die Wand verfügt zwar zugegebenermaßen über ein außerordentlich schönes, tiefes Weiß, in dessen ausgiebige Betrachtung man natürlich zweifelsohne schon mal lockerleicht so seine fünf bis fünfzehn Minuten versinken kann, dennoch beschleicht mich der leise Verdacht, eine Fortsetzung unserer Unterhaltung könnte möglicherweise von ihrer Seite her nicht länger mehr erwünscht sein. Na ja, eigentlich eine gute – wenigstens *eine* gute Nachricht, denn selbstverständlich war das Gespräch ja gelinde gesagt jetzt auch nicht grade so der absolute Oberburner. Von weitem höre ich jemanden husten. Ein verzweifeltes Husten. Womöglich ein unheilbares. Schlimm, diese Weltuntergangsfantasien. In meinem gegenwärtigen Zustand ist das Glas weder halb voll noch halb leer, *es gibt gar kein Glas.* Einfach fort. Futsch. Nie da gewesen. Fake Glass.

Wir leben im tiefsten 21. Jahrhundert, wo die Urwälder überschaubar, die Meere walfrei sind, Facebook Schnee von vorgestern ist und Disney Adult Television die größte Pornoplattform der Welt (Frauen im Maus- bzw. Entenkostüm sind mittlerweile gern gesehener Fetisch). Wo Twitter-Autoren und innen den Nobelpreis bekommen, Polizisten nicht mehr zwingend lesen und schreiben können müssen, Kaffee mit Aspirin verkauft, Selbstjustiz nicht sanktioniert wird, wo kostenloses Ganzkörperwaxing im Grundgesetz verankert wurde, wo die Werbunterbrechungen im öffentlich-rechtlichen Fernsehen mittlerweile mehr als acht Stunden am Tag ausmachen, wo kostengünstige Drohnendienste die Aufgaben der Messdiener und innen in den letzten verbliebenen katholischen Kirchen längst übernommen haben, Hostien abwerfen und den Messkelch heranfliegen, wo Grabsteine aus Dauerknete der Renner und »heiße Scheiß« sind. Oft, sehr oft sehne ich mir eine Zeitmaschine herbei. Mal kurz zurück in die sauberen 70er-Jahre oder schnell mit James Joyce eine kleine Radtour machen. Konnte, durfte der überhaupt Rad fahren? Ist ja auch egal jetzt.

Der Countdown läuft, in jeder Hinsicht. Noch viel schlimmer aber ist, dass ich nackt bin – autorentechnisch nackt. A Naked Poet without Lunch. Ich nämlich, bevor hierher ins Krankenhaus, gedanklich in China, soll heißen meilenweit entfernt. Nichts gegessen, weil vor einer Stunde eben noch keinen Hunger, null mitgedacht und sogar, Worst Case, mein hübsches schwarzes Notizbüchlein mit den vielen losen Zettelchen darin, alle, beinahe alle vollgeschmiert mit Skizzen, mit hunderten potenziellen Keimzellen für den nächsten Roman von Weltformat, daheim auf dem Bügelbrett, glaube ich, liegen. Ein womöglich sterbender Schriftsteller ohne Notizheft? Der Anfang vom Ende. Aber wenn die USA die greise Ellen DeGeneres zur Präsidentin wählen können, dann kann ich auch ohne das kleine Schwarze weitererzählen.

Oldie but Goldie Suzanne Fleischman (ich stieß mal auf ein Buch von ihr, kennt heute keiner mehr, egal) sagte, dass die Vergangenheit mit dem Wissen behaftet ist, die Gegenwart mit der Wahrnehmung und die Zukunft mit der Möglichkeit. Nun, ich weiß, dass ich viel weiß, aber sicherlich weit weniger als Sokrates, und wenn der schon nichts wusste, na, dann gute Nacht, und gegenwärtig nehme ich Schmerzen wahr und Unbehagen und die Alte neben mir, alles nicht sonderlich prickelnd, und vielleicht werde ich zukünftig gar keine Möglichkeiten mehr haben, wegen Vorhang fällt und so. Und dann wäre diese meine Lebensgeschichte, dieser Abriss mein Vermächtnis.

24
Die Wander(boy)jahre

Ich bereise Asien, den Tatort meiner Zeugung. Die Jahre zwischen, na sagen wir, 20 und 25 sind die bewegten Jahre, die Wilhelm-Meister- oder Kliebie-Wander-Jahre.

Ich bin halber Student – lasse mich *hin und wieder* bei Vorlesungen blicken, rauche *manchmal* Cannabis – und meine, das meiste, was mir vor die Füße läuft, *toll* und *grandios* finden zu müssen. Ich lese, und wie! Ich verschlinge Literaturgeschichten, ganze Kanons, studiere Gebrauchsanweisungen für die überflüssigsten Dinge, wenn gerade nichts anderes zu lesen da ist, ich lese Plakate, lese Geheimbotschaften oder Aufforderungen zum Analverkehr auf Toiletten, lese Schriftzüge an Häuserwänden, lese Leuchtreklamen, Geschäftsnamen, Tagesmenüs, Weinkarten, lese meine Augen wund und mag es. Ach, ich verliere schon wieder den Fladen (kleine Arno-Reminiszenz!), also schnurstracks *back to Asia:*

Ich reise nach Indien (Delhi, Mumbai, Kalkutta, Chennai, Ahmedabad), nach Bhutan, Nepal und Myanmar. Nahtoderlebnisse beim Essen, Klangschalenexzesse, Räucherstäbcheninhalation nonstop, Sinn des Lebens und zurück höre ich die Engelchen singen. Alle Rasierer weg! Westliche Kleidungsstücke sind ebenfalls böse. Unbändiger Freiheitsgedanke wie bei Oskar Maria Graf. Gegen alles. Wer braucht schon Hosen? Und wo können solche Dinge hosenlos und unrasiert und ungewaschen am besten unters Volk gebracht werden? Erraten! Natürlich auf der Straße. Der Ort, an dem man, wenn Youtube mitspielt, zum Weltstar wird. Die Straßenkinder, allesamt kleine Slumdog Millionaires, sind nett, folgen mir, richtig anhänglich, auf Schritt und Tritt, strecken mir die Hände entgegen, ziehen an meiner Ostkleidung, laufen mir vor die sandalierten Füße, kreischen aufgeregt mit ihren schrillen Stimmchen, putzen meine schmutzigen Schuhe und erhöhen den Preis für ihren Spontanservice innerhalb weniger Sekunden von einem auf drei Rupien.

Ich entdecke in den deutschen Übersetzungen der Menükarten in praktisch jedem Restaurant *voll viele Fallfehler*, schmunzle über *Gemusen mit das gebraten Nudeln und gute Reise* oder *Indisch Bohnentopf mit sehr Rahmen sauer*.

Und: Ernsthaftes Nachdenken über das Schreiben eines Reisetagebuches. Arbeitstitel: *Toastbrot ist mein Backupbrot oder A Dog Named Schirinowksi*. Guter Titel! Sehr guter Titel sogar und die geneigten Leser würden große Augen machen, wenn es darin gar nicht um Brote, Hunde oder russische Politiker mit Alkoholproblem ginge, sondern um einen Mann auf der Überholspur, den die Finanzkrise über mehrere Banden auf die richtige Bahn bringt. Kluger Schachzug, quasi göttlicher Einfall. Natürlich kommt es nie dazu.

Countdown
17 Minuten

Ablenken, Kletus, sage ich mir. Es ist still, ganz still, nein, doch nicht ganz. Das Summen einer Fliege (wahrscheinlich angezogen von Schweiß, Verwesung und Urin, den Klassikern im gut sortierten Geruchsregal, frei erhältlich auf Friedhöfen, in öffentlichen Verkehrsmitteln, Ämtern und Krankenhäusern), dringt durch die Gänge wie vorhin das Husten. Womöglich ist das kleine Insekt ein Wiedergeborener, der sich hier bemerkbar machen möchte, mich, den ungnädigen Silberfischmörder, warnen möchte, im Falle eines Todes durch Hoden- oder irgendeinen anderen unerquicklichen

Krebs besser ja bloß nicht als Fliege zurückzukehren. Na ja, als ob man die Wahl hätte ... Vor einigen Tagen las ich zufällig, also ohne Absicht oder Beweggrund, aber vielleicht, wer weiß, mit Vorahnung, Hodenkrebs sei von allen Krebsarten die harmloseste, eine milde Sorte sozusagen. Meistens reichen etwas *Chemo* und ein bisschen *schnipp, schnapp* und alles wieder – *fit im Schritt*. Aber obwohl ich es gelesen habe, zufällig, ohne Beweggrund, wer weiß, vielleicht mit Vorahnung, macht es meine jetzige Situation komischerweise keinen Deut, nicht im Geringsten besser.

Andauernd blicke ich auf die Uhr. Es ist entsetzlich. Allein von dieser permanenten Uhrencheckerei bekommt man automatisch einen Tumor, plus Nackensteife obendrein. Die Zeit ist ja sowieso irgendwann mal rum. Ich verstehe auch nicht, warum ich möchte, dass sie schon rum ist, also nicht generell, sondern nur im Moment. Es schneller hinter sich haben. Andererseits aber auch nicht wollen, dass die Zeit schnell rum ist. Da soll sich noch einer auskennen! Ratlos vor einem weißen Blatt Papier zu sitzen, das kann wiederum so eine Situation sein, wo einem die Zeit sogar ganz stillsteht.

Oh, der Herr Autor Klieber sitzt vor einem weißen Blatt Papier, den angespitzten Stift parat. Da kommt jetzt mit Sicherheit was ganz, ganz Großes dabei raus, da verwette ich mein letztes Hemd drauf!

Und es kommt nichts raus, weil die Zeit eben stillsteht. Da tut sich gar nichts. Nada. Niente.

Wie auch immer, in meiner gegenwärtigen Situation jedenfalls müsste ich doch eigentlich froh sein über jede noch so kleine Minute. Kleine Minute – was für eine dämliche Formulierung. Also einfach über jede Minute froh sein. Immerhin erzähle ich meine Lebensgeschichte, und die nimmt nun mal (ob man will oder nicht) Zeit in Anspruch. Achtzehn Minuten, nein, siebzehn nur noch. Zu lange nachgedacht, schon haben wir den Salat. Gedanklich freilich – leider – nur. Mein Magen knurrt. Knurrt die Alte neben mir an. Ihre borstigen Kinnhaare stellen sich schon auf. Die wäre noch nicht mal vor fünfzig Jahren was für Safranski gewesen. Ah, genau. Wo mir grade Safranski einfällt ...

25
Safer Sex Safranski

Safranski, der Draufgänger und durchaus auch Vaterersatz, hat, das steht schnell fest, einen Narren an mir gefressen. Safranski ist eine der wenigen Konstanten, er ist da, quasi seit Stunde null. Logischerweise werde ich mir seiner erst später bewusst. Als Kind nehme ich ihn zur Kenntnis, nenne ihn immerhin Onkel, finde es seltsam, dass die Frau Mama zuverlässig den Raum verlässt, sobald er da ist. Immer mit diesem, was mir damals natürlich noch gar nicht begreiflich ist, Absolut-schlechter-Einfluss-Blick, den ich von ihr geerbt habe. Ja, das Frauenbild Safranskis – ein Fall und Kapitel für sich. In Zeiten, als die Gleichberechtigung sich, berechtigterweise natürlich, längst durchgesetzt hatte. Aber unter der üppigen Brustbehaarung schlummert ein netter Kerl. Was jedoch nicht viele zu merken scheinen. Mein Vater war einer der wenigen. Der merkte, der spürte es. Also den durchaus netten Kern-Kerl, meine ich, weniger das Brusthaar.

Nachdem der Vater verschieden ist – kurzer, ganz kurzer Ausblick –, besucht mich Safranski eine Zeit lang jeden Tag. Sybille kann ihn nicht leiden.

»Er ist ein alter Sexist mit widerlichen Machoallüren«, sagt sie (meint es natürlich auch so) und verlässt – ganz lupenreine Pazifistin – den Raum, sobald er aufkreuzt (und reicht ihm, wenn er geht, die Hand).

»Aaah, diese Rothaarigen haben es immer in sich – pass bloß auf dich auf!«, sagt er einmal in meine Richtung und grinst dabei ganz schön schäbig für sein Alter. (Er spricht da immerhin, innerlich zweifelsohne dreckige Fantasien wälzend, über meine Freundin. Aber es stört mich ganz und gar nicht, weil es ja Safranski ist, der alte Schwerenöter. Der darf so etwas.)

»Sybille«, erzähle ich ihm, »sagt, dass ich den Verlust literarisch verarbeiten soll. Sie meint, die Leute seien geradezu versessen auf tragische True Storys und es gebe praktisch kaum was Tragischeres als einen irren Vater, der Selbstmord begeht, eine nymphomanische Mutter und einen hypersensiblen Sohn ...«

Safranski hört zu und nickt. Dann setzt er seinen Grübelblick auf und meint: »Nein, Kletus, tut mir leid, aber *ich* würde so was bestimmt nicht lesen wollen und ich glaube auch, dass du so etwas nicht schreiben solltest. Ich meine – egal, ob ich nun mit ihr konnte oder nicht –, denk doch nur mal an deine Frau Mutter.«

Da ist was dran, denke ich. Es ist das erste und einzige Mal, dass Safranski und ich uns ganz offen beratschlagen, und noch in derselben Nacht vernichte ich alle bis dato abgefassten Notizen. Sybille erfährt erst später davon und reagiert mit einem knappen »Du wirst schon noch sehen, was du davon haben wirst!« – was ich als den Anfang vom Ende von uns beiden empfinde.

Dieser Versuch hier, mein Leben zu erzählen, ist vielleicht (auch) das späte Eingeständnis, dass Safranski falschlag.

Damals denke ich anders. Safranski hat einen so grundlegenden Einfluss auf mich und beeindruckt mich *als Mensch* in einer Art und Weise, dass ich praktisch nichts hinterfrage, was er jemals tut oder – seltener – sagt. Vollkommen blauäugig natürlich, weiß ich heute.

Es ist keine vier Wochen her – dies noch als kleine Notiz am Rande –, da sitze ich mit Safranski bei einem Bier und er erzählt mir, dass er in der Nacht vor der Hochzeit meiner Eltern einen wunderlichen Traum hatte. Er habe in diesem plötzlich (ohne Vorwarnung sozusagen) splitterfasernackt im Schlafzimmer des Brautpaars gestanden, dieses habe im Bett gelegen und leicht (nur leicht!) irritiert zu ihm herübergeglotzt, ehe mein Vater dann, wohl nach einem noch einmal näheren Blick, wortlos sich erhoben, freiwillig das Feld geräumt habe, und so sei er einfach, als wäre es die natürlichste Sache und Bewegung der Welt gewesen, zu meiner späteren Mutter ins Bett *gehüpft* und dann hätten sie einen animalisch intensiven Beischlaf vollführt, wie er ihn in einem Traum noch nie zuvor beziehungsweise auch danach niemals wieder erlebt habe.

»Du kannst dir vielleicht denken, wie verwirrt ich da am nächsten Morgen war und sogar heute noch, Jahrzehnte später. Ich hab nie jemandem davon erzählt, weißt du, außer jetzt dir, aber eine sehr lange Zeit lang hatte ich manchmal dieses seltsame Gefühl ... dass du vielleicht ... auch irgendwie ... *mein Sohn* ... hättest sein können.«

Countdown
13 Minuten

»Ich will ehrlich sein«, sagt die Alte tatsächlich, »als ich Sie damals im Fernsehen gesehn hab, ich erinnere mich jetzt wieder, da waren Sie mir ganz und gar unsympathisch.«

»Aha. Und jetzt, wo Sie mich *wirklich* kennen?«

»Ich bin mir nicht ... –« Sie stockt, blickt nach unten, betrachtet ihre faltigen Hände.

Plötzlich schießt mir der Duft eines Desinfektionsmittels in die Nase. Jetzt kommt sie plötzlich doch noch mit voller Wucht, die geballte Krankenhausatmosphäre. Dieses sämtliche Sinne *ansprechende* Sammelsurium aus klebrigen Plastikböden, surrenden Neonleuchten, tickenden Telleruhren, ausgestorbenen Gängen, hüstelnden Unbekannten hinter geschlossenen Türen, schicksalsschwer hallenden Birkenstockschritten, penetranten Synthetikdüften und an schwarzen Brettern hängenden, vergilbten Infopostern zu Organvorsorgeuntersuchungen, wahlweise Prostata, Nieren, Herz, Leber, Brust betreffend. Und ein Gedanke fährt ein, drängt sich wieder auf wie eine wildgewordene Hummel – summ

summ, brumm brumm: Ich kann doch unmöglich schon jetzt, *vor* meinem nächsten Erfolgsbuch – das, ich spüre es, bald entstehen wird, das oft genug verworfen wurde – abtreten müssen. Das Leben als Hollywoodfilm? *Den Guten* (na ja) *streichen wir doch nicht etwa, oder?!*

Und es wird einem bewusst: Das Leben hat eben kein Drehbuch – jedenfalls keines, das irgendwer würde *realisieren wollen.* Jeder oder jede, der oder die Gegenteiliges behauptet, ist ebenso wahnsinnig wie seinerzeit mein Herr Papa. Wer schriebe auch irgendwo *Hodenkrebs* rein – Protagonist A bekommt es in einer Hode, Protagonistin B in der rechten Brust, nein, doch lieber in der linken, man ist ja kein Unmensch. Nein, kein Film und kein Drehbuch, keine Kletus-Klieber-Show.

»Sie wirkten damals«, sagt sie schließlich, »ich seh's nun wieder glasklar vor mir, wie einer – und auch übrigens heute noch, es tut mir leid, dass ich es so sagen muss –, sie wirkten und wirken wie einer, der nie wirklich *arbeiten* musste, wie einer, dem, Entschuldigung, alles in den, Sie verzeihen, *Arsch geschoben* wurde.«

Sie blickt auf und funkelt mich scharf und vorwurfsvoll an. Wäre mein Leben ein Wunsch-und-Wohlfühlfilm, dann hätte die Alte spätestens jetzt der Blitz zu treffen. Aber nichts.

Diese ganze gegenwärtige Situation ist vollkommen abartig, denke ich. Absurd und abartig.

»Nein, ich verzeihe Ihnen nicht!«, sage ich, den mir floskelhaft-freundlich reingeschobenen Verzeihfaden aufnehmend, der mir jetzt nach ihrem Dafürhalten (wenn ich sie recht verstanden habe) untätiger-, unflätigerweise im Hintern stecken, aus selbigem herausbaumeln (?) müsste. »Ich habe es wirklich nicht immer leicht gehabt in meinem Leben! Aber das können Sie ja gar nicht wissen.«

»Nein, woher auch?«

»Ich hatte ein klassisches Künstlerleben. Extreme Höhen, grausame Tiefen ...«

26
Exkurs: Potenzielle Stiefväter

Meine Mutter beginnt plötzlich, die Haare offen zu tragen, dunkelroten Lippenstift aufzulegen, sich Schuhe anzuschaffen, die sie größer machen und dabei in keiner Weise ihrem Alter entsprechen. Sie baut sich ein Sozialleben auf: »Ich bin jetzt bei der Linguistenvereinigung!« oder »Dienstags? Nein, dienstags geht nicht! Da bin ich beim Bridge! Bitte merken, nie mehr dienstags!« oder »Grundsätzlich treffe ich am Wochenende meine Freundinnen. Was heißt da ›Welche?‹?! Die Sara Baumann halt, die Tabea Stock-Weinstein natürlich und selbstverständlich auch die Bianca Ludendorff, die ist jetzt grade frisch geschieden.«

Ich schweige. Keinen dieser Namen je gehört und keine dieser Frauen je gesehen.

Ganz anders als der Herr Papa, der sich mehr oder weniger dem Glauben (an sich und seine Segnungskünste) hingibt, gibt sich die Frau Mama, Mauerblume von einst, nach kurzer, intensiver Gramphase nun den Männern hin. Die Männer an der Seite meiner Mutter sind Kurzzeitberühmtheiten. Sie wechseln. Aus den Augen, aus dem Sinn. Ich entsinne mich dennoch. Da waren die bereits Erwähnten: der Teppichverkäufer und Leander, der Noch-mal-besser-Filmer. Da ist der aktuelle Fraises-Franzose. Dann gab es noch den einohrigen Literaturprofessor (angeblich Jagdunfall), der am liebsten über Schnitzler sprach und argumentierte, jedem, der wie Schnitzler schreibe, gehöre automatisch der Literaturnobelpreis zugesprochen, da aber niemand mehr, nicht mal Schnitzler selbst, wie Schnitzler schreibe, sei dieser ganze Nobelpreis sowieso eine einzige, dem Untergang geweihte Farce, das sehe sogar der einzige deutschsprachige Gewinner der letzten zwanzig Jahre, Dirk Rossmann persönlich, nicht anders; den Landschaftsarchitekten mit Almöhi-Bart, um einiges älter und fortgeschritten herzkrank; den Unternehmer aus Lettland (der richtige Letten-

Lover!) mit bemerkenswertem Bierbauch und großer Lei-denschaft fürs Glücksspiel, zu großer; den Astrophysiker, dessen Vornamen ich akustisch nie verstanden habe, weil er ihn stets so leise und undeutlich aussprach, der – manisch-depressiv – sekündlich den Untergang des Universums er-wartete. Dazu – neben zwei, drei anderen, die ich gnädiger-weise irgendwie doch vergessen haben muss – dann noch, einst, der Viola-Lehrer. Dunkles Kapitel. Ganz dunkles. Ich begegne, schlaftrunken, dem Viola-sprich-Bratschen-Lehrer am Frühstückstisch. Er, Cornflakes mampfend, die Hälfte quillt ihm dabei aus dem Mund: »Gutm Mormgmgm, Kle-tssss!« Ich murmle ein »Morgähn!« und setze mich ihm ge-genüber.

»Würdest du es denn eigentlich, mal unter uns gefragt, toll finden, wenn ich jetzt öfter hier wäre ... wenn ich viel-leicht sogar dein neuer Vater würde?«, er weiter, mampfend und munter die Cornflakes hervorquellen lassend. Mir kommt die Frühstücksgeschichte mit meinem Vater von damals in den Sinn. Und dann bricht etwas in mir aus und ich rufe – im selben Moment, als meine Frau Mama in einem roten Ne-gligé mit glückseligem Gesichtsausdruck die Küche betritt: »Niemals ... nie ... unter keinen Umständen! Sie sind der Al-lerletzte, den ich sehen will! Furchtbar, ganz furchtbar!«

Ich fühle mich schlagartig besser und blicke in verdutzte, irritierte, jedenfalls nicht länger mehr mampfende/glückse-lige Gesichter. Der Viola-Lehrer kommt nach diesem Vorfall nie mehr wieder, toll eigentlich, aber meine Mutter findet das alles nur bedingt gut. Ich, der Traum(a)-Sohn, der ihr die Männer vertreibt.

Ich werde damals für einige Wochen zu meinem Vater ge-schickt.

»Er ist ja immerhin dein Vater und er möchte dich sehen!«, meine Mutter so.

Bei meinem Vater ist es ähnlich bedrückend. Seit dem Blitzschlag gärt es in ihm, das ist spürbar. Die Augen fun-keln, er führt Selbstgespräche, kommentiert Dinge, irgendwelche Dinge, völlig belanglose Dinge, und meint, wenn Blumentöpfe runterknallen oder Hunde in der Umgebung grell aufjaulen: »Es geschieht, weil ich es will!«

Countdown
10 Minuten

Rosita! Es gibt Nächte, da träume ich von ihr. Dabei ist, erscheint sie mir in wachem Zustand nur noch wenig präsent, verschwommen, versunken. Ich kann mich beispielsweise nur vage noch an ihren Teint erinnern und ich habe unter anderem keine Ahnung mehr, wie ihre Nase ausgesehen hat. War sie platt? Spitz? Lang? Kurz? Breit? Schmal? Ja, ich denke, sie war schmal. Aber ich kann mich ganz genau an ihren Duft erinnern. Ein wunderbarer Duft zwischen Jasmin, Kokos, Ananas und Meer.

Die Krankenschwester, die ich vor unzähligen Minuten schon einmal gesehen – und hinsichtlich meiner Anwesenheit »aufgeklärt« – habe, taucht wieder auf, ein Stoffsäckchen voller duftender Backwaren tragend, schlapfen-schlurfend in ihren Birkenstocks. Bei jedem Schritt wankt sie. Hüfte und Hinterteil kippen von links nach rechts – und links – und rechts – und links – egal. Ihre Waden sind imposant, denke ich so. Sie zwinkert mir und der Alten zu, *unpassend zu*, weil man, ich so denkend, so etwas in einem Krankenhaus, jedenfalls gegenüber Wartenden, grundsätzlich niemals tun sollte, dann verschwindet sie hinter der Tür, durch die auch ich bald gehen werde. Wahrscheinlich weiß sie längst, was bei mir Sache ist, wie die Dinge um mich, den hier Sitzenden, stehen. Alle wissen es schon. Die halbe Welt, wahrscheinlich, wurde bereits darüber informiert, wie die Lage beim »gefallenen, früheren Bestsellerautor« Klieber augenblicklich aussieht.

»Eine nette Schwester! Haben Sie gesehen, wie freundlich sie uns zugezwinkert hat? Sehr sympathisch!«, die Alte so.

»Mir kann die gestohlen bleiben«, ich, abwinkend. »Die wissen sowieso schon alles ...«

Natürlich weiß die Alte nicht, was ich meine, wovon ich spreche, worauf ich hinauswill und also schweigen wir wieder und ich bekomme – wieder – Hunger. Der Duft der frischen Backwaren hält sich hartnäckig in meinem einst so güldnen Schnupfkolben.

Aber plötzlich setzt sie wieder an, ein knappes Räuspern und los geht's: »Die Autoren sollten wieder mehr für die Menschen schreiben und weniger für die Kunst selbst oder sonst ein unleserliches Zeugs. Und nicht immer so auf Skandal aus sein. Kaum steht irgendwo was von ›Brüsten‹, gilt das schon als Kunst.«

Sie blickt mich an und ich versuche noch dem Blick auszuweichen, aber schon spricht sie weiter: »Heute ist ja so oder so alles im Eimer. Schon die letzten dreißig, vierzig Jahre geht das jetzt so. Ich bin ja noch weit im letzten Jahrhundert geboren, deshalb weiß ich, junger Mann, dass es früher, vor achtzig, neunzig, hundert Jahren noch anders, ganz anders noch war.«

Ich möchte eigentlich wenig oder gar nicht antworten, weil ich gänzlich andere Sorgen habe und dennoch höre ich mir plötzlich selbst zu, quasi fast geistig entrückt, wie ich sage, doziere: »Vor achtzig Jahren hat Georges Perec *La disparition* geschrieben, ein dickes Büchlein ohne ein einziges *e*, und vor neunzig Jahren hat ein Amerikaner namens Allen Ginsberg in seinem langen, sehr langen Skandalgedicht *Howl* viele, ganz viele unflätige Wörter verwendet und vor mehr als hundert Jahren hat ein gewisser James Joyce seinen Mammutbrocken *Finnegans Wake*, eines der wunderbar unleserlichsten Bücher überhaupt, herausgebracht, also kommen Sie mir jetzt bitte nicht mit Ihren Früher-war-alles-anders-Albernheiten daher. Ich hab auch keinen blassen Schimmer, warum Sie solche Themen jetzt überhaupt hier mit mir diskutieren müssen, dem Aufbackautomaten in Ihrem Supermarkt suggerieren Sie ja schließlich auch nicht, er solle doch bitte schön wieder gepflegt in ein Backhaus gehen – ich meine, haben Sie gar keine andern Sorgen? Ich nämlich schon.«

Sie blickt mich wieder an, sucht erneut meinen Blick.

»Da will man nur mal nett reden und dann gleich so was. Traurig, wirklich traurig!«

Schon lange hat es keine Person mehr geschafft, solche Aggressionen in mir hervorzurufen, und das ausgerechnet hier und jetzt. Aber weiter im Geschehen – diese Frau wird mir meine Erzählung nicht durcheinanderbringen!

27
Ganz (un)heimelig

Ich verlasse, nun ja vollends erwachsen und »zum Mann gemacht«, das »elterliche« Heim, werde flügge sozusagen, im Erdenjahr Numero 20, rund sieben Jahre nachdem schon *o mein Papa* ausflog. Ich bin gänzlich vorbildlos, bin mein eigener Star, sage ich mir. Meine Mutter verabschiedet mich, reserviert, sieht mir nach von jenseits der Wohnungstür, die Hände in die Hüften gestemmt, und versteht es zwar nicht, dass ich – schon wieder – in die große, weite Welt möchte, duldet es aber. Ende ihres Mutterinstinkts, rückblickend betrachtet. To-do-Liste: Junge verabschiedet – check! Seit dem (geilen) Giese-Malheur, das ich gar nicht so schlimm fand, ist ohnehin nichts mehr wie zuvor. Irreversibel sozusagen. Selbst mit einer Zeitmaschine wäre da nichts mehr zu machen.

Ich ziehe in eine Einzimmerwohnung mitten in der Stadt. Erster Stock, Aufzug also irrelevant, balkonlos, zwei Fenster, hofseitig. Der Hof ist verkommen. Disteln überall, womöglich auch Giftschlangen. Die Menschen, die Wohnungen mitten im Zentrum bewohnen, sind die suspektesten. Rechts trifft links, überall Analphabeten, Dealer, Päderasten; im Hausflur, im Treppenhaus und vor den Türen überall Müll und Ungeziefer, anonyme Drohungen: »Ich bring dich um, du linke Sau!« – »Nein, ich dich vorher, rechtes Schwein!«

Meine Mutter zahlt die Hälfte der Miete, die andere Hälfte leiste ich mir durchs Aufbrauchen meines großväterlichen Erbes. Das obsessive Bingospielen des Opapas hatte mir saftige 11000 Euronen eingebracht. Nicht viel, aber vollends ausreichend für meine damaligen Ansprüche, die nur sehr, sehr langsam exponentiell steigen.

Als ich einziehe, gehen Türen auf, immer nur einen Spalt, und ich werde beobachtet. Ich höre und rieche schweres Alkoholikerschnaufen, rasselndes Kettenraucheratmen. Aus jeder einzelnen Pore der Wände, der alten Bezüge über den noch älteren, an den Armlehnen schon abgewetzten Sofas, aus den dicken Frotteehandtüchern, die wie vergessen in den heißfeuchten, fensterlosen Badezimmern über milchglasigen Duschkabinentüren hängen, aus den dicken, schweren, ockerfarbenen Vorhängen, die den Tod eines jeden Lichtstrahls bedeuten, riecht es.

Alt. Streng. Modrig. Krank. Tot. Ich unterschreite den Altersschnitt einfach mal so um beträchtliche dreißig Jahre. Vermutung natürlich. Ich habe zudem soziale Kontakte zu Menschen, die den Altersschnitt ebenfalls senken. Selbst meine Eltern senken den Altersschnitt in diesem Haus. Ich sage gerne: »Übergangswohnung!«

Ich bin neunzehn. Zweiundvierzig Quadratmeter bedeuten die Welt. Aus heutiger Sicht natürlich ein Witz.

Einzig die alte, unter mir wohnende Weckschraube Frau Warrạ stellt sich gleich am ersten Morgen in aller Herrgottsfrühe bei mir vor und meint, es sei endlich mal eine angenehme Abwechslung, dass ein »netter, junger Mann« hier einziehe. Ihr Mann sei seit mehr als dreißig Jahren tot und »zerstreut in alle Windrichtungen« ihr Sohn, nun ja, »in eine zumindest«, Fabrikvorsteher sei er, in Hongkong oder Taiwan oder »irgendwo in Südostasien« – sie hat es vergessen und sagt: »Da, wo sie halt gern mal klein sind und so ... na so ... so schmälere Gliedspalten halt haben.« (Sie sagt »Glied-

spalten«, wirklich wahrhaftig »Gliedspalten«, nicht »Lidspal-
ten« – *Gliedspalten*, ich kann es kaum glauben und denke
mir: Wow, das nenn ich mal in der Tat 'ne ordentliche Brise
beziehungsweise Zerstreuung auf der internationalen Sohn-
fortskala.

Meine Mutter, ahne ich später, in aller (Wind)Stille zurück
in meiner Wohnung, wird sich nun ebenso von mir entfrem-
den. Und wirklich: Sie besucht mich keine dreimal, für weniger als zehn Minuten, schlürft Tee, knabbert Weißbrot, blickt
auf ihre dezente, goldbraune Frauenarmbanduhr und entschwindet dann wieder, wegen Terminen, diesen nicht ver-
schieb-, nicht aufschiebbaren Terminen. Die Parfümwolke,
die sie umgibt, die sie teils mit sich trägt, teils wie einen her-
renlosen Bombenkoffer stehen lässt, habe ich noch zwei Tage
später in der Wohnung.

Waltraut Warra, die alte Windweckschraube von Nachbarin hingegen kneift mich bei jeder sich ihr bietenden Gelegenheit in alle erdenklichen Backen, was mir nicht unbedingt Freude bereitet, versorgt mich jedoch andererseits mit
Nahrung.

»Mein lieber Kletthuss, ich hab hier unten grade eben frisch
Feigenkaffee aufgebrüht – und Mohnkuchen!«

Ich also runter zu Feigenkaffee und frisch aufgebrühtem
Mohnkuchen … Unzählige alte Fotografien an den Wänden,
noch unzähligere, noch verstaubtere in zig offenen Schuh-
schachteln, die sie, mit römischen Zahlzeichen versehen, nach
einem undurchschaubaren System in der kompletten Wohnung verteilt zu haben scheint. Die Tapete klassisch dunkel-
braun, mit gelben Tupfern, einem Muster oder dergleichen,
im Wohnzimmer knarrender, kastanienbrauner Parkettboden
und im Vorraum zwei potthässliche Staubfängerteppiche.
Alles sehr bieder, würde man in einem Bildlexikon den Begriff »bieder« nachschlagen, könnte dort (von den Schuh-
schachteln einmal abgesehen) aus gutem (Ab)Grund ein un-
bearbeitetes Bild dieser Wohnung auftauchen. Bieder 2.0
quasi, Bieder Resurrection, Biedres Braunlasser Revival. Die

Wohnung wirkt so, als hätte in ihr der Sprung ins einund-
zwanzigste Jahrhundert (beziehungsweise schon die jeweils
entsprechenden Sprünge in die drei oder vier Jahrzehnte
zuvor) niemals stattgefunden.

Ich lerne zuzuhören, egal, wie egal mir alles ist, ich nicke
und nehme zur Kenntnis, dass es – Verzeihung, nun muss ich
es doch, einmal wenigstens, ungeschminkt aussprechen –,
dass es die alte Schreckschraube freut. Sie jedoch kann weit
weniger zuhören, weil praktisch taub.

»Sie haben aber einen kessen Sofabezug!«

»Ach Kletthuss, junger Mann, machen Sie sich nicht zum
Clown, *den* können Sie natürlich nicht essen!«

In stillen Momenten mache ich mir einen heimlichen Spaß
daraus, mit ihrem Nachnamen Schabernack zu treiben. Ich
denke mir dann solche WARRiAnten aus wie: Frau Mara
Warra, Frau Warrathon, Frau Warrantäne, Frau Warrab-
lösung, Frau Waarr, Frau Warrzlawick, Frau Wirrwarr,
Frau Warrwerzinek, Frau Wrraa, Frau Ara-Warra, Frau
Komodowarran et cetera. Zugegeben kein allzu geistreicher
Zeitvertreib.

Safranski, der vorbeikommt, schenkt mir eine Kaffeema-
schine. Ich habe sie noch heute. Gut zwanzig Jährchen auf
dem Brühbuckel mittlerweile, richtig old-fashioned in einer
Zeit, wo es längst autonom fahrende Tiefkühltruhen gibt,
selbstregenerierende künstliche Allround-Organe, Milliar-
denunternehmen unter »funny« Commodore-64-Herrschaft
und Kaffeevollautomaten, die die Koffeindosierung mittels
eines Pulsschlagdetektors regulieren.

Die Nächte in meinem neuen, eigenen Reich sind außergewöhnlich einsam. Auf der Gasse unter meinem Schlaf-
zimmerfenster wimmern, fauchen, schreien Katzen, bellen,
kläffen, knurren Hunde, singen Besoffene schief, niesen ver-
kühlte Prostituierte im Ledercatsuit, verkündet die Leucht-
reklame des Getränkemarkts von gegenüber:

Alkohol oder Softdrinks?
Ganz egal – Ümit hat's!

Die Hausfassade, grau in grau, bröckelt bereits. Über der Eingangstüre konstatiert eine Graffitikritzelei: *Ich ficke deine Mudda hart!* Darüber, kommentierend: *Erzähl kein Scheiß Bro!* – in anderer Schrift und anderer Farbe. Ganz links oben im Eck steht: *Chuck Norris (1940–2222) Never Forget!*

28
Das erste und letzte Vater-Sohn-Gespräch

Ich also, seit kurzem für mich allein lebend, komme in die Bar. Hinter mir er, also der Herr Papa. Ganz messianisch. Zustand unverändert bedenklich. Wir holen das Bargespräch von vor fünf Jahren nach. Es ist Sommer – Hochsommer. Heißer Hochsommer. Der heißeste Hochsommer seit Jahren. Obwohl in den letzten Jahren jeder Sommer viel zu heiß war. Auf der Straße liegen dutzende toter Vögel, vom Himmel gestürzt, weil mitten im Flug verdurstet. Der Asphalt vor der Bar glüht wie wund gelaufene Lava, wie die Alpen im glühendsten Alpenglühen. Die Sonne scheint so über die Maßen grell und unnachgiebig, dass Glatzen, Stirnen, Nasen, Wangen, Unterarme und Händerücken auf der Stelle kross gegrillt sind. Es ist die Art von Hitze, die die Fliegen reihenweise auf der Haut der pitschnassen Menschengesichter verenden lässt. Der Schweiß strömt unentwegt in die Augen, Stirnband und Sonnenbrille hin oder her. Die Luft riecht nach verbranntem Fleisch, aber vor dem Eisgeschäft schräg vis-à-vis der Bar scharen sich nichtsdestotrotz krebsrote Menschenmengen, die unbedingt, unter allen Umständen JETZT SOFORT ihre sommertägliche Himbeer-Zitrone-Vanille-Schoko-Stracciatella-Dosis brauchen.

Drinnen in der Bar kein einziger Lichtstrahl, stattdessen ein Duft nach Hochprozentigem, vermengt mit einer Brise Pissoir. An der Bar, auf Barhockern, zwei von circa acht sind besetzt, fahlgesichtige, unrasierte, bierbäuchige Männer. Beide grüßen lallend.

Vater-Sohn-Gespräch also. Meine Mutter vollkommen ahnungslos natürlich. Aber seit dem Auszug eben die eben erwähnte Entfremdung. Sie auch einfach viel zu promisk für meinen Geschmack, *mit über fünfzig!* Eine kurze Zeit lang frage ich mich sogar, welche Augenfarbe sie gleich noch mal hatte. Bedenklich, wohl verwirrend auch, dass ihr Sexualleben expandiert, während das meinige stagniert. Doch – tata! – es geht tatsächlich immer noch schlimmer, weil, richtig, *mein Vater natürlich.* Tiefe Augenringe – die Augenfarbe dabei schon vollkommen irrelevant, weil ohnehin alles viel zu rot, als dass noch irgendeine andere Farbe erkennbar wäre.

»Super, Sohn, schön, dass du hier bist. Ich mag die familiäre Atmosphäre hier!«

»Die was?«

»Was willst du trinken, Junge? Bier? Wein? Schnaps? Trinkst du Schnaps? Also *ich* trinke Schnaps. Die Letten werden die Esten sein!«

»Wie bitte? Ich nehme ein Soda.«

»Soda? Sicher, dass du keinen Schnaps willst? Schnaps ist gut, im Schnaps liegt Klarheit.«

»Äh, nein, tut sie nicht. Und ja, sicher. Ganz sicher.«

Arno Klieber. Mein Vater. Bilderbuchkarrierist von anno dezimal. Vom Hecht im Bankenteich zum Geschiedenen, zum Trinker, zum Verarmten, zum Bartschrat, zum Sandalen-mit-Stutzen-Träger, zum Messias für Aus-den-Fugen-Geratene. Ich, ein steckengebliebener Teenager im Geiste, mit Abdeckstifttektonik im Gesicht, ein klassisches Trennungskind, zwischen Universität und Nichtstun hin- und hergeworfen. Literarische Selbstverwirklichung, das wäre es ...

»Jaja, das Huhn in der Pfanne, das *zerdrückte* ... Weißt du, *darum* dreht sich alles. Ums Huhn und die Pfanne, ums Zerdrücktsein und ums, weißt du, Wiederaufstehn ... Es tut mir leid mit deinen Fingern, Kletus. Heute weiß ich, dass sie ein Signal, eine Botschaft waren, aber damals, weißt du, war ich blind. Ich musste erst sehen lernen. Meinen Weg finden. Ich hoffe, dass auch du deinen Weg findest ...«

Er nippt an seinem dritten Bier. Ich, nach wie vor am ersten Soda, frage nicht nach, welchen Weg er meint. (Den des Versagens?)

Nach zwei, vielleicht drei Stunden brechen wir auf. Ich besuche noch Vorlesungen.

Zu dieser Zeit bilde ich mir fest ein, dass ich, weil ja Einbildung auch eine Bildung ist, auch Dinge begreife, wenn ich mir nur einbilde, sie zu begreifen. Italienisch etwa – no problemo! Französisch? Pas de problème! Atomphysik? Glasklar! Pentatonik? Selbsterklärend!

Heute weiß ich natürlich, dass dies jugendlicher, weltbeziehungsweise mich selbst verbesserischer Größenwahn war. Soll aber nicht unbedingt heißen, dass ich mittlerweile nicht vielleicht doch hin und wieder etwas mehr wüsste als der Herr Otto Normalbürger.

Als wir uns damals voneinander verabschieden, Fußnote, kommt es zur unvermeidlichen Umarmung. Der ersten seit langem. Der ersten richtigen. Eine feste, innige Umarmung. Ich finde das gut, er auch, deshalb murmelt er ein »Das tut gut«. (Sein Geruch ist betäubend intensiv, in diesem Moment aber gar nicht störend.) Dann verschwindet er in der gleißenden Sonne. Das flirrende Bild eines links-rechts-links-rechts torkelnden, dürren Mannes in gelben Sandalen.

29
Good old Pressefreiheit

Ich, Studienabbrecher, vielfacher – mehrfacher Wiederholungstäter sozusagen –, heuere bei einer Zeitung an. Lokalblatt mittelmäßigen Rufes. Aber egal. Ich brauche wirklich den schnöden Mammon. Meine Eltern – also vor allem die Frau Mama, der Herr Papa kämpft ohnehin gegen die Windmühlen des Finanzwesens – unterstützen mich mit keinem müden Cent mehr. Wäre ja auch tatsächlich ausgesprochen dekadent von mir, denke ich so, mir mit dem hart verdienten Psycholinguistinnenlohn meiner Mutter ein schönes Leben zu machen. Lange genug musste sie noch extra zusätzliche Behandlungstermine ausmachen, wahrscheinlich, für Klein-Lieschen mit dem schlimmen S-Fehler vielleicht, um ihrem faulen Kletus die Kaffee- und Essiggurkensucht zu sponsern.

Der Chef, Herr Dieter Brüske, ein gut zwei Meter großer Zeitgenosse mit Nickelbrille, Hasenschartennarbe und zwei unterschiedlich langen Koteletten, liebt meinen »eloquenten Schreibstil«. Beim Vorstellungsgespräch lässt er mich eine Pressemeldung umschreiben, quasi verschönern. Ich tue, wie auch die drei anderen Mitbewerber, ausnahmslos Männer, was mir aufgetragen ward, und entlocke Brüske mit meiner Textprobe einen kräftigen Zungenschnalzer, der seine Hasenschartennarbe geradezu vibrieren lässt. »Das ist großartig. Sie sind ein wirkliches Naturtalent, lieber Klieber – oh, das reimt sich sogar. Bestens. Ich habe genug gesehen!« Ohne sich die Texte der anderen drei überhaupt noch anzuschauen, sie wenigstens zu überfliegen, stellt er mich vom Fleck weg ein. Er meint, ich könne *bei seinem Blatt groß rauskommen* und überlässt mir, da ich mehr Ahnung von zeitgenössischem Theater habe als alle anderen in der Redaktion, den Kulturteil. Alle anderen in der Redaktion haben generell wenig Ahnung von irgendwas. Für den Sportteil ist der Volksschullehrer mit Kniegelenkimplantat i. R. zuständig.

Ich habe in meiner Zeit dort, ich gebe es gerne zu, die Arbeit nicht gerade erfunden, habe dutzende Artikel vollkommen ohne Mühe oder Motivation halbherzig runtergetippt, ohne dabei auch nur eine Sekunde lang irgendwie nachgedacht zu haben.

»Warum eigentlich kann nicht einfach jeder Tag ein freies Wochenende sein?«, frage ich einmal einen Kollegen, einen, der immer für Stunden auf die Toilette verschwindet (nie ohne Smartphone).

»Weil das dann ja kein richtiges Wochenende mehr wäre!«, antwortet er. Einer der weisesten Gedanken, denen ich bis dato hatte folgen dürfen. Und ab diesem Zeitpunkt habe ich plötzlich Gefallen an der Arbeit.

Ja, die Zeit bei dem Blatt möchte ich heute nicht missen. Ausgestattet mit meinem Presseausweis gehe ich wahllos auf Eröffnungs- oder Premierenfeiern, zu Modenschauen – ich bade in Kunst und Kultur. Die Eröffnung einer großen Kaffeehauskette in der Stadt, mir eigentlich vollkommen egal, wird, ich gerade »zur Feier des Tages« als geladener Gast einen Brownie de Luxe »aufs Haus« mampfend, plötzlich unter großem Tumult von einer Horde von Schreihälsen gestürmt.

»Tod dem Konsum!«, »Nieder mit dem imperialistischen Koffein!«, »Kein Kaffee für niemand!« und anderes wird gebrüllt. Ich vernehme Schreie, Gekreische, Splittergeräusche, Rufe wie »Mein Cappu gehört mir!« oder »Nicht meinen Latte Macchiato, bitte«, spucke diskret die Hälfte meines halbzerkauten Brownies in eine Serviette, setze mich in Bewegung und sehe mich plötzlich meinem ein »AUFRUF ZUM GÖTTLICHEN WIDERSTAND«-Schild tragenden Herrn Papa gegenüber. Wir glotzen uns sprachlos an und natürlich dauert es keine fünf Minuten, da weiß man, dass der Presseheini der Sohn des Demonstrantenleaderheinis ist, der hier eigenhändig einige Scheiben zu Bruch gehen ließ. Eine wahre Freude natürlich, deren Glanz, hätte mein Herr Papa damals etwa auch noch *etwas angehabt*, naturgemäß nur hätte getrübt werden können.

Brüske ist nach diesem Vorfall schlagartig nicht mehr ganz so freundlich und schickt mich fortan nur noch selten irgendwohin.

Ich habe das Studieren damals schon lange aufgegeben, flüchte mich in billige Kurzzeitaffären, versuche, meine amerikanische Cousine, die Abenteuerurlaub in Europa macht, beim Besuch meiner vier Wände ins Bett zu bekommen, und ernte daraufhin bitterste Vorwürfe seitens meiner Tante

(»Such a schlechte Jung you are! Shame on you, Kleetooth! Ick bin sehry disappointed!«) und meiner Mutter.

Jetzt aber beginne ich wirklich ernsthaft mit dem Schreiben. Und es geht rasch voran. Sehr rasch sogar.

Ich schlage mir die Nächte um die Ohren, lerne (weiterhin) Frauen kennen, lerne sie manchmal sogar (weiterhin) noch besser kennen, trinke ausgiebig, alles, was mir in den Sinn oder den Gesichtskreis kommt, glaube nach sieben Absinth, mein letztes Stündlein habe geschlagen, trage Rollkragen, schreibe alles auf, was mir in den Sinn oder den Gesichtskreis kommt. Vieles natürlich unsinnig, aber bald habe ich eine Erzählung fertig, die meinen Ansprüchen gerecht wird.

30
Der Fame des Kaffeehauses

Ich möchte Nägel mit Köpfen machen, endlich meine Karriere starten. Ich lese viel über die Kaffeehausliteraten früherer Tage. Richtige Teufelskerle mit allerlei gezwirbelten Schnauzbärten, Taschenuhren, Elfenbeinzahnstochern, Karo-Sakkos, Lackschuhen und Geschlechtskrankheiten sowie ausgewiesenem Alkoholproblem. Mit Blick und Block bewaffnet streife ich einige Zeit lang durch die aufgetunten Cafés der Stadt. Kaffeehäuser mit Neonschriftzügen und grellbunter Möblierung und Menschen, die trendige Hairstyles und viel zu kurze Hosen tragen. Ich versuche als Autor wahrgenommen zu werden und platziere mich mit meinen Notizheftchen für jeden sichtbar in zentraler Kaffeehauslage. Die anderen sollen sich fragen: »Wer ist das? Ist das jemand?« Oder: »Was schreibt der denn da? Ist das am Ende ein Schreibender? Vielleicht schreibt der da sogar einen Roman! Und vielleicht komm ich da jetzt, weil er mich so anglotzt, auch drin vor, vielleicht sollte ich langsam doch mal, hm, *nachdenklicher* dreinschaun, so ganz dezent, oder ein dramatisches Telefonat aufführen?!« Und dann sollen sie sich sagen: »Womöglich hab ich sogar schon mal was von dem gelesen! Ich frage da jetzt aber lieber nicht nach, weil Künstler da doch immer gleich ganz betrübt sind oder sogar richtiggehend ungehalten reagieren, wenn man sie nicht gleich sofort erkennt und/oder noch nach Namen fragt.«

Eines Tages, ich sitze vor einem zu starken Espresso in Toplage und notiere das, was ich sehe und mir dazu denke – da klopft mir jemand auf die Schulter. Ich, mich selbstredend gestört fühlend, einen empörten Blick aufsetzend, drehe mich um und blicke in die dunkelgrauen Augen von Thomas Petersen, einem der damals erfolgreichsten Schriftsteller. Gerade hatte er mit seinem 600-Seiten-Roman über eine stark übergewichtige Frau, die sich in ihren rätselhaften violetten Schlüsselanhänger verliebt und auf Tahiti eine Farm für Schildkröten und verirrte Strandläufer eröffnet, einen überraschenden Verkaufsschlager gelandet. Er trägt gelb-rot karierte Strümpfe, eine beige Dreiviertelhose mit Karomuster und ein grellgrünes Sakko mit türkisblauer Ansteckblume.

Er so zu mir, sich setzend: »Kann ich mal was von Ihnen lesen?« Mir schlottern vor Ehrfurcht die Knie.

»Ich hab Sie beobachtet, wie Sie beobachten und schreiben. Mich – wenn ich mich nicht täusche – haben Sie zwar komischerweise glatt übersehen, während Sie beobachtet haben, aber der richtige – und das allerdings scheinen Sie, schien mir, immerhin erkannt zu haben –, der richtige, der geschärfte Blick für das Wesentliche und das Unwesentliche ist und bleibt das A und O, der *obligate Kern* der Sache.«

Ich sage noch immer nichts und schiebe ihm eins meiner Notizbüchlein hin, er öffnet es, liest, schmunzelt, nickt, kratzt sich am Kopf, kratzt sich an der rechten Schläfe, schluckt betroffen, blättert um, reißt die Augen auf, kneift sie zusammen, lacht kurz auf, zischt kurz »pffff«, blickt mich an und sagt, ich werde es nie vergessen: »Das, mein Lieber, ist grandios! Ganz obergrandios sogar! Wie heißen Sie?«

»Kletus Klieber.«

Er wiederholt ganz leise meinen Namen, ich erkenne es an seiner Lippenbewegung. Bevor er sich verabschiedet, sagt er, dass er von meinem Talent überzeugt ist und mich und meine »Sachen« verfolgen wird, doch leider kann er das nicht lange, denn keine zehn Monate nach unserer Begegnung segnet Petersen das Zeitliche. 240 Stundenkilometer, etliche Starkbiere sowie die Missachtung der Gurtpflicht ergeben leider in der Summe eine unheilvolle Mischung, geschärfter Blick hin oder her. Heute kennt ihn nur noch eine eingeschworene Leserschaft, die nach und nach selbst abtritt, sein flüchtiger Ruhm ist vollends verblasst und sein großer Renner verrottet in irgendwelchen Antiquariatsregalen oder verräumten Umzugskartons.

Sein Kompliment von damals befeuert mich aber zeit meines weiteren Autorenlebens.

31
Es gibt Reis(e), Baby

Aufblende. 2033. Ich mache die ersten Lesereisen, nachdem soeben mein erster Erzählband *Boris Pasternak hätte besser auch den Telefonjoker nehmen sollen* erschienen ist. Ich bin noch keine dreißig und noch kein gemachter Mann, habe mich, wie man so schön sagt, noch nicht gefunden. (Ich fand diese Redensart schon immer dämlich.) Der Verlag, eigentlich ein Zweimannteam, Gunther Zofkofski und Harald Beringer, gleichgeschlechtlich verbandelt, so Art On-Off-Story, schickt mich an die grottigsten, uninteressantesten Orte unseres Sonnensystems. Lesungen vor zwei, drei, wenn's hoch kommt zehn verlorenen Seelen. Einige unter ihnen kommunizieren nur noch hüstelnd miteinander. Dieses dämliche Intellektuellen-Hüsteln, das einsetzt, sobald in irgendeinem Theater das Licht aus- und der Vorhang aufgeht. Ich dennoch brav alles Menschenmögliche gebend, meine »wie zum Vorlesen geborene Stimme« endlich einmal ihrem vorherbestimmten Zweck zuführend. Immerhin vielleicht, wer weiß, undercover zwei oder drei Literaturagenten unter den zwei, drei Seelen.

Echtes Pathos und echte Tränen kullern, während ein anderer sich räuspernd – für seine Kritik – notiert: »Vollkommen unauthentische Lesung eines vollkommen unnötigen Werkes eines vollkommen unbegabten Autors.«

Und immer wieder Zugfahrten und immer wieder Reisen bei Wind und Wetter. Kalt, warm, mittelkalt, schweinekalt, tropisch warm, wüstenheiß. Von Ort zu Ort und langsam kommen mehr Leute zu den Lesungen und langsam kommen tatsächlich Verlagsspione. Und immer wieder auch Lesungen zusammen mit anderen ambitionierten Jung- oder Geradenoch-Jungautoren und innen, von denen genau genommen nicht wenige bereits Jahre mit Lesereisen, halbe Ewigkeiten in Provinzgasthäusern, Gemeindebibliotheken und kleinstädtischen Kulturzentren verbracht haben.

»Du weißt …«, sagt einmal ein älterer, etablierter Autor, mit dem ich drei gemeinsame Lesungen, die letzte im bayrischen Schwabach, habe, und der meint, mich Amateur ins Business einführen und dabei maximal schwarzmalerisch dreinschauen zu müssen, »… wenn du in der Szene dauerhaft bestehen willst, musst du liefern. Liefern, liefern, nochmals liefern. Den Leser bei der Stange halten. Und wenn's nur beschissene Magazine sind, für die du *irgendwas* zusammenschmierst – Hauptsache, du lieferst. Denn die Plätze derer, die es sich leisten können, nur alle fünf, sieben, zwölf Jahre mal was rauszuhauen, sind noch rarer als die der Akkordschreiber.«

Liefern, liefern, liefern – ja, der Autor als Drohne. Und Pornodarsteller. Verstanden mittlerweile. Nur einmal keinen hochgekriegt oder schlecht die Unlust verhohlen, einmal keinen *Jahrhundertfick* geliefert: Schon kommt der Nächste und schnappt sich die Stellung. Ich höre ihm damals allerdings nur halb zu und denke, dass es die reinste Zeit- und Aufmerksamkeitsverschwendung wäre, ihm ganz zuzuhören.

Abends gehe ich in einer Schwabacher Spelunke ein Bier trinken. Außer mir sind fünf Saufbrüder dort. Ich bestelle das kräftigste Helle, da meldet sich der Berauschte neben mir zu Wort: »Sie ham da doch heit glesen? Warum lässt ma so an Dreck zu? I arbeit mei Lem lang un kriag an Arschtritt. Sie schreim an glumperten Schmarrn zamm un kriang's zahlt – un jetzta sogar no a Halbe!«

Anfangs stelle ich mich taub. Vollkommen fremdes Terrain für mich. Aber mein vorgetäuschtes Desinteresse trägt keine Früchte.

»Aha, der Herr Autor ist sich wohl z'fein, sich mit uns z'unterhaltn ...«

Ich kann nicht mehr rekonstruieren, was genau den Ausschlag für meinen Schlag gab, jedenfalls befinde ich mich keine zehn Sekunden später in einer waschechten Spelunkenprügelei. Ich bekomme heftig Schläge ab und fühle mich dabei wie ein richtiges Enfant terrible. Schreiber und *Schläger* – Hans Sachs war ja nur Schuhmacher ...

Alle fünf Saufbrüder, vielleicht auch der Wirt, schlagen auf mich ein. Ich halte mir die Hände vor den Mund. Ja nicht die Zähne. Bloß nicht die Zähne. Blut schmeckt fast wie Blei im Mund, denke ich noch so. Dann wird es dunkel und ich erwache im Bett meines Hotelzimmers in blutbesudelter Kleidung. Blau, nein, grünblau geschwollenes Auge. Drei massive Kratzer im Gesicht, ein schmerzendes Jochbein, ein noch schmerzenderer Unterkiefer und eine geprellte, vorerst außer Gefecht gesetzte Schreibhand.

»Ach, *das*. Wer kennt das nicht?«, antworte ich, als ich bei den folgenden Lesungen auf mein Äußeres angesprochen werde. »Gerade eben beim Sparring noch kräftig ausgeteilt, mächtig geliefert, dann daheim im Übereifer in Richtung Schreibtisch das Gleichgewicht verloren, weil rund ein gutes Dutzend Schreibblöcke balancierend, und zack die Treppe runter und voll auf den gebohnerten Boden. Klassische Gesichtsbremsung inklusive der üblichen Abriebspuren.«

Die Leute glauben jedes Wort.

32
Wenn's hilft wird Vincent Wunderheiler

Ich, kurz nach dreißig. Alles läuft nach Plan. Ich kann von der Literatur leben, oder besser: Die Literatur lässt mich am Leben. Bei einigen Regionalblättern bin ich bereits eine große Nummer. Und schließlich der große Erfolg.

Das Manuskript. In siebeneinhalb Monaten verfasst, auf und zwischen Lesereisen nach Kaff A, Kaff B, Kaff G, Kaff M. (Gut Ding braucht manchmal Langeweile ...) Die Sprache reduziert. Ausschmückung war gestern. Die Geschichte eines Mannes mit göttlichen Ambitionen. Sektengründung, Wunderheilung, Selbstgespräche, Massentaufen im selbstgezimmerten Planschbecken, Polygamie, Beischlaffantasien, allerlei anderes Zeugs, auch Weltuntergangsfantasien und penetrant leidende Ungläubige, wohin das Auge reicht. Natürlich, etwas Autobiografie ist immer dabei. Ich befolge dabei haargenau die »Elf Dogmen des Romanschreibens«, wie ich sie einmal auf einem zerrissenen Zettelchen unter einem Aschenbecher in einer Hinterhofspelunke vorgefunden habe:

1. Du sollst keine langweiligen Geschichten schreiben
2. Du sollst gefällige Sätze produzieren
3. Du sollst keine künstlichen, hirnwichsbasierten Handlungen spinnen
4. Du sollst Sex and Crime in vernünftiger Dosierung einsetzen
5. Du sollst Romanhelden und -heldinnen erschaffen, mit denen sich Hinz und Kunz identifizieren können
6. Du sollst mindestens einmal pro Roman die folgenden Wörter verwenden:

   Planquadrat   Längsschnitt   After

   Lampenschirm   Ausritt
7. Du sollst mindestens eine Traumpassage einbauen
8. Du sollst nie mit erhobenem Zeigefinger daherkommen

9. Du sollst mindestens einmal pro Roman einen der Prot-
   agonisten *Merte!* oder *Fuck off!* an einer vollkommen
   unpassenden Stelle sagen lassen
10. Du sollst keine offenen Enden produzieren
11. Du sollst die Punkte 1 bis 10 befolgen, Punkt 11 aber
    vernachlässigen (und/oder »ausschneiden« + »wegwerfen«)

Also, jedenfalls frenetischer Jubel. Der junge Mann kann
schreiben! Ehemals sechsfingrig, kaputte Familie, der Vater
ein irrer Weltverbesserer, glatzköpfig und schweißtriefend
obendrein, die Mutter eine kleingewachsene, nymphomane
Psycholinguistin, er selbst einst überqualifizierter und un-
terbezahlter Pressefuzzi bei einem unterdurchschnittlichen
Lokalblatt ... Herz, was willst du mehr? Ich lerne Sybille
Rothfuchs kennen, ja, sie hieß wirklich so, Sybille, vollkommen anachronistisch, und ja, rothaarig war sie tatsächlich
auch noch.

Sybille mit der Brille. Dicke, dunkle Hornbrille. Pony. Zumeist rote Pumps tragend. Schwarzer Lippenstift. Umwer-
fend. Dazu noch dezente Peppermint-Patty-Sommerspros-
sen. Ein Traum. Eine geläuterte Maggi-Süchtige, wie sich
später herausstellt. Sie wird die Verlegerin meines Vertrauens und, ja, auch meines Herzens. Bei unserer ersten Begegnung stelle ich mir vor, wie sie in einem oliv- beziehungsweise giftgrünen Glitzerbikini aussieht. Diese schmutzigen
Fantasien aber auch immer!

Ich habe mein Manuskript kaum fertig, da tritt sie, nach
einer Lesung in Kaff Y, an mich heran und sagt: »Hallo! Sybille Rothfuchs mein Name, ich leite einen etablierten Pu-
blikumsverlag in erster Generation und würde Sie sehr, sehr
gerne als Autor bei diesem haben. Einfach nur grandios, die
Lesung. So viel Pathos, und das bei so wenig Menschen, die
hier waren. Alle keine Ahnung! Schreiben Sie an Neuem?«

Bei der abschließenden Frage reicht sie mir die Hand, ich
schüttle sie. Sehr angenehmer Händedruck, die Handflächen
staubtrocken, ganz im Gegensatz zu meinen.

Ich so: »Rein zufällig: ja! Eben beendet. Mir gefällt Ihr Lippenstift. So existentialistisch! Rot und schwarz und rot – toll. So viel Stendhal, kaum zu fassen.« Sie lächelt, kokett. Ich reiche ihr das Manuskript, das die Lesung über auf meinem Schoß lag. Gut gewärmt. Es ist November.

Am selben Abend gehen Sybille und ich noch in ein Lokal, *auf einen kurzen Drink*, wie sie meint. Wir reden über alles. Ihr Lachen und ihre schneeweißen, penetrant geraden Zähne, ihre wunderschöne Haut und ihre grasgrünen Augen machen mich aber zugegebenermaßen etwas unaufmerksam. Wir bieten einander das Du an und kippen mehrere kurze Drinks. Es wird vier Uhr früh und als wir uns vor meinem Landgasthof nach einem (rein wettertechnisch bedingt) frostigen Nachtspaziergang verabschieden, spüren wir jeweils das dringende (hängengebliebene Teenie-)Bedürfnis »Kussalarm!« zu schreien, tun es aber beide nicht und wünschen uns stattdessen gegenseitig knapp eine »Gute Nacht«.

Keine drei Tage später, bei einem gemeinsamen Mittagessen, unterzeichne ich den Vertrag. Der Lektor, Dr. phil. Bertram Brausewetter, unverheiratet, kinderlos, Vollbartträger und irgendwie »über fünftausend Ecken« mit dem halblegendären Schauspieler Hans Brausewetter verwandt, hat das Manuskript bald durch und so gut wie nichts daran zu bemängeln, er spricht von einem »praktischerweise bereits perfekten Stück großer Literatur«. Als die Druckmaschine angeht und die erste Auflage gedruckt wird, bin ich persönlich dabei. Halbfeuchte Augen. Das Cover zeigt ein neongelbes Taufbecken.

Sybille und ich. Ja, wir starten eine Romanze und das Buch schlägt asteroidenmäßig ein, mein kometenhafter Aufstieg vollzieht sich in einem derartigen Tempo, dass mir manchmal ganz schummrig im Kopf wird. Lobhudler und Literaturpreise klopfen an, stellen sich in einer zungenschnalzenden Warteschlange vor meiner (gnädig Audienz gewährenden) Autorentür auf. Alle, alle wollen sie zu mir. *Grandios. Tolles Pathos. Endlich einer, der schreiben kann. Naturtalent.*

Episch. Magisch. Zauberhaft. The one and only. Wunder-
bar. Selten so etwas eigenwillig Gutes gelesen! Hoffentlich
bald als Blockbuster im Kino ...

Sybille ist Verlegerin und Managerin in Personalunion.
Ich vertraue ihr blind und bin einfach nur präsent. Sie sagt:
»Sei einfach nur präsent!«

Die Anrufe meiner Mutter nehmen urplötzlich wieder zu
und sie sinniert vollen Ernstes halbe Nachmittage darüber,
was wohl dieser oder jene dazu sagen würde, wenn er/sie
es noch erleben, noch sehen könnte, *wie präsent* ich plötzlich
bin. Ich bin in den Zeitungen, in den Magazinen, im Radio,
im TV, auf Plakaten, bei Lesungen. Ich weiß, meine Mutter
liest keine Bücher von mir. Hat sie nie und wird sie nie. Aber
ihr Lob tut dennoch gut. Man wird sehr leicht wieder Kind.

Von Zofkofski, der keine acht Monate später die Radies-
chen von unten sieht (Badewannenausrutsch-und-Genick-
bruch-Tragödie), und Beringer (der ab diesem Zeitpunkt nur
noch Schwarz tragen wird) kommt weniger Schmeichelhaf-
tes. Sie werfen mir Unehrlichkeit vor, Profitgier und Ruhm-
sucht, und ich antworte: Jawohlchen, ihr Lieben!

Es läutet. Das Telefon.
  »Hallo, sind Sie der Autor Kletus Klieber?«
  »Irgendjemand muss ich ja sein.«
  »Schwallhanns, vom TV, also Fernsehen! Sie verstehen?«
  »Das habe ich mir fast gedacht, Herr Schwellhals!«
  »Schwallhanns bitte! *Warum* haben Sie sich *was* gedacht?«
  »Dass Sie vom Fernsehen sind.«
  »Warum?«
  »Weil TV zumeist Fernsehen ist.«
  »Aha. Verstehe!«
  »Gut.«
  »Wir wollen Sie!«
  »Okay, TV-Präsenz. Verstehe.«
  »Nein, nicht das, was Sie jetzt denken. Fernsehinterviews
von Ihnen gibt's wie Sand am Meer. Bei uns ragen Sie raus!

Wir setzen – wir *legen Sie ganz groß in Szene* ...«

»Aha, okay. Ich liefere übrigens nur nach meinen Vorstellungen.«

»Fein, für unseren Vorabendkrimi *Der Tote in der finnischen Sauna* werden Sie doch sicher ein paar Stündchen Drehzeit übrig haben ...«

»Sauna?! Krimi?! Ich bin Autor ...«

»Genau das sind Sie! Sie spielen das Mordopfer, den jungen, erfolgsverwöhnten Poetry Slammer Sebastian Kron von Mollershausen. Sind Sie an Bord?«

»Poetry's Lämmer? Klingt irre spannend! Was muss ich tun, schweigen?«

»Sie müssten bloß daliegen und tatsächlich nur einen einzigen Satz sagen: ›Bitte schlagen Sie mir jetzt ja nicht den Schädel ein!‹ Kriegen Sie das gebacken?«

»Darauf können Sie Kutteln kauen!«

Ich stehe beziehungsweise liege also vor der Kamera. Wieder neues Terrain. Wieder ein weiterer Schritt. Der Krimi läuft bereits schlappe drei Monate später im Vorabendprogramm. Ich auf der Couch, also der Fernsehcouch, Sybille links, Mutter rechts. Der Krimi an sich ist schwach, dramaturgisch wie schauspielerisch, aber ich persönlich punkte, wirke selbst als Leiche bärenstark, obwohl nur andächtig daliegend in einer finnischen Sauna, nachdem mein einziger Satz dem Schnitt zum Opfer fiel. Kein Schweißtropfen perlt mir von der Slammer-Stirn. Während ich tot spielen muss, bei (der Authentizität wegen) über 70 Grad, stelle ich mir unendliche Eislandschaften in der Arktis vor. Method Acting.

Plötzlich meine Mutter mit ihrem Psycholinguistinnenblick und in diesem Müttern eigenen Mutterton, der alles zu entlarven meint, so zu Sybille: »Seid ihr ein Paar? Wollt ihr Kinder?« Sybille verschluckt sich fast an ihrer Bitter-Limonade. Sie kneift die Augen zusammen, gerade so, als dächte sie, dass die beiden Fragen dadurch rückgängig gemacht würden. Dennoch sehe ich ihr an, dass sie zumindest kurz über eine passende Antwort nachdenkt. Ich will ihr gerade beispringen, da antwortet sie doch noch.

»Nein, wir sind kein Paar. Und K-K-Kinder, Kinder: nein!«

»Schade eigentlich. Sie wirken durchaus anständig.«

»Mutter! Kannst du das bitte bleiben lassen?!«

»Was denn?«

»Das alles!«

»Man wird ja wohl fragen dürfen. Ihr wirkt recht vertraut.«

»Sie ist meine Verlegerin!«

»Ich bin seine Verlegerin!«

»Man kann *allerlei* verlegen.«

»Mutter!«

»Frau Klieber!«

»Ja, Sohnemann und Frau, deren Namen ich mir leider nicht merken kann?«

»Bitte unterlasse diese Anspielungen!«

»Was spiele ich denn an?«

»Das weißt du genau! Ordinäres Anspielen! Das ist es, was du machst!«

»Jetzt tu nicht so, als wärst du unordinär! Ich hab dich schon ganz anders gesehen, nicht so *verlegen* wie jetzt.«

»Mutter, NEIN!«

»*Wobei* denn ganz anders? *Bei was* nicht verlegen?«

»Bei nichts, das dich irgendwie interessieren würde, Sybille.«

»Wie kannst du das wissen?«

»Ich kann das wissen – *weil ich es weiß*. Ebendarum.«

»Er spricht wie sein Vater.«

Endlich kehrt Stille ein.

Natürlich haben Sybille und ich zu dieser Zeit längst eine richtiggehende Liebesbeziehung, aber man muss es ja nicht gleich an die große Glocke posaunen.

Am Höhepunkt, dem schriftstellerischen, liege ich eines Tages in einem Hotelzimmer auf dem Bett, eine Überdosis Ruhm und Glamour fühlend, und denke so: Was kann jetzt noch kommen? Ich bin top! Ich könnte malen oder musizieren, könnte moderieren oder mit einem halben Pfund heißer Kartoffeln im Mund beatboxen – man würde es gut finden ... Ich könnte sofort aufstehen, die Treppen runterrennen, zur Türe raus, mich mitten auf die Straße stellen und einfach schreien »Ich bin der Größte! Ich bin der Geilste!« und alle, Passanten und innen wie Autofahrer und innen und Hotelpersonal ohne innen, würden mir absolut beipflichten.

Der Zenit ist da. Ich bin in der Szene nicht nur etabliert, ich bin die Szene. Ich gebe Trends vor. Ich werde auf der Straße erkannt, gelte als bunter Hund, obwohl ich zu dieser Zeit fast ausschließlich weißes Leinen trage. Journalisten und innen nennen meine Literatur und meine Wenigkeit bedeutend.

Ich stolziere herum. In der blanken Öffentlichkeit, jawohl, und reibe es jedem und jeder unter die Nase: *Jawohl! Ich bin Schreibender, ach was, Erfolgsautor!* Quasi ein geadelter Poet, wie Tasso einer war, aber im Gegensatz zu diesem mit noch allen Tassen im Schrank. (Trotz der familiären Vorbelastung. Aber davon jetzt gleich mehr.)

33
Das Ende des Arno »Daddy« Klieber

Mitten im Zenit meines Ruhmes, in den fragmentarischen Tagen zwischen Partys, Lesungen und Partylesungen, ist es der Selbstmord meines Vaters, der die Fugen lockert.

Dunkel, so dunkel wie die Dunkelkammer eines Kriegsfotografen in, sagen wir, Nordkorea oder Swasiland. Genauso dunkel ist dieses Kapitel. Mein Vater, Messias und so, Opfer der Mid-Endlife-Crisis, auf den Spuren von Robert Schumann und Virginia Woolf. Mit Gewichten ins Wasser, zwanzig Kilo rechts, fünfzehn, warum auch immer, links. Vermutlich, weil die linke Seite schon immer etwas kümmerlicher war. Was für ein Abgang. In dem vergilbten Nachthemd, das er die letzten Wochen dauergetragen hat, trottet der Herr Papa abgekämpft, ausgemergelt, langbärtig, wirrhaarig, gekrümmt und leicht beschwipst in den See. Nicht mehr Hecht- oder Karpfenteich. See. Vieles hat ein End-e, doch der See hat zwei ... Zwei Tage später wird er gefunden, durch Zufall, von Anglern ...

Meine Mutter trägt die Nachricht wie ein Mann. Stoisch. Ohne Wimperzucken. Nur Rotwein und Gitarrenmusik. Irgendwas mit wimmernder, spanisch trällernder Eunuchenstimme.

Obwohl sich meine Eltern schon lange fremd waren, sich so gut wie nicht mehr sahen und seit ihrer Trennung schon dutzende, vielleicht übertreibe ich, Männer an der Seite meiner Mutter schliefen, sehe ich an ihrer Reaktion oder eigentlich Nichtreaktion, dass sie betroffen ist.

Ich bin damals zu Beginn seltsam erleichtert, musste sein Leben doch zuletzt (auch und gerade für ihn selbst) ein einziger Kampf gewesen sein. Ich versuche an ihn zu denken und stelle fest: seine Stimme, sein Aussehen, sein Wesen – weg! Einfach weg! So schnell geht das! Und mir fällt unser letztes wirkliches Gespräch ein, genauso wie jetzt, und unsere letzte und eigentlich erste richtige Umarmung und dann ziehe ich mich, zwischen den Dingen, die es zu organisieren gilt, in mein altes Kinderzimmer (das meine Mutter inzwischen zum Blumen- und Girlandenzimmer umfunktioniert hat) zurück und heule wie ein Schlosshund. Lange, sehr lange.

34
Unten

Die Beerdigung meines Vaters ist eine wie aus dem Bilderbuch. Regen der unangenehmeren Art, dazu Wind und dunkle, zackenförmige Wolken. *Oh, schau doch! Diese Wolke da sieht aus wie ein aufgespießtes Schäfchen,* denke ich so, unterm Vordach der Aussegnungshalle stehend, vor mich hin, während der Regen strömt – nur der Regen, nicht etwa die Trauergäste. Anwesend lediglich: Safranski, seine »Neue«, Sybille, ich und zwei mir völlig Unbekannte. Frau – Mitte fünfzig –, graue, schlaffe Haare. Mann – Ende siebzig –, bluthochdruckrotes Gesicht. Kommunenmitglieder beide, wahrscheinlich. Es liegt mir fern, nachzufragen, noch nicht mal höflichkeitshalber frage ich nach, schon gar nicht, »was jetzt« aus ihnen »wird«. Die Frau Mama lässt sich, wie gewöhnlich bei Beerdigungen, aufgrund von Migräne entschuldigen, meint mir gegenüber, dass es doch auch »äußerst seltsam« wäre, wenn sie »da jetzt auftauchen würde«.

Der Geistliche spricht vom Geisteszustand, nicht seinem, sondern dem meines Vaters, erzählt was von *verloren* und *heimgekehrt* und manchmal erscheine uns das Leben als eine endlos scheinende, quälende Prüfung, in der einfach nichts mehr zusammengeht. Mein Vater, ich so denkend, wollte mit Sicherheit Wasserleiche bleiben – und jetzt wird er so hier bestattet. Nach dreißig Minuten ist der Spuk zu Ende. Man zerstreut sich, alle Himmelsrichtungen ausreizend.

Arno »Messias« Klieber, 1969 bis 2035.

Und da der Sensenmann bekanntlich (auch) Bürokrat ist, fallen die nächsten Monate Notartermine an.

Zur Überraschung vieler, aller eigentlich, hinterließ er ein Testament. Ich, überwiegend, zumeist geliebter Sohnemann, erbe. Mehr als gedacht. Frühe Rücklagen auf einem schweizerischen Bankkonto.

Ich tauche nach diesem Ereignis für gut sechs Wochen ab. Nicht einmal Sybille weiß, wohin. Ich sage niemandem etwas. Spontane Fluchtentscheidung, einfach drauflos fliegen, nur das Nötigste im Koffer. Lesungen fallen ins Wasser und die eine oder andere Zeitung fragt sich, wo ich stecke. Sybille, in der Rolle der Verlegerin, krank vor Sorge eigentlich, verweist auf den Tod des Vaters und versichert professionell, dass ich ohne Frage bald wieder zugegen sein und dabei vielleicht sogar, wer weiß, einen sehr persönlichen Text im Gepäck haben werde.

Ich habe keinerlei Plan, angekommen in Guam, das so un-amerikanisch wirkt; ich kappe nur sämtliche Verbindungen zur Außenwelt. Kein Twittervögelchen, kein Crapchatter soll mich aufspüren können. Ich lebe anfangs in einem 2½-Sterne-Hotel, dann bei einem Insulaner, der sich Jean nennt, eine komfortable Hütte bewohnt, vorgibt Maler zu sein, schreibe, nicht viel und nichts Weltbewegendes, spaziere wie ein de-generiertes Zootier am Strand auf und ab und ab und auf, spreche mit sehr, sehr vielen Menschen, schlafe mit Rosita, einer waschechten Einheimischen, mehrmals und vollkom-men skrupellos, weil ich mir sage: Das hier ist ein anderes Leben.

Niemand kennt mich. Ich streife das artige Autorenleben ab und bin bedeutungslos wie damals in der Schwebebahn. (Ich weiß ohnedies: Es holt mich wieder ein, alles!) In diesen anderthalb Monaten finde ich wieder Spaß an den Irrungen und Wirrungen der deutschen Sprache. »Ich ›fahre *um*‹ und ich ›um*fahre*‹. Same word, different stress and therefore to-tally different meaning«, ich so zu Rosita, die neben mir liegt und mit ihrem goldenen Armbändchen spielt. Ihr Körper wirkt so viel gesünder als meiner. Ihre Haare stehen in alle Rich-tungen ab. Sie meint: »Senseless! Stupid language!«, und das mit einem Akzent, dem ich ewig zuhören könnte.

Als ich heimkehre, mit besserer Gesichtsfarbe, üppigem Bart und einem abgebrochenen Schneidezahn (weil ich einen Navy-Soldaten zu sehr gereizt habe), fragt Sybille nichts. Auch später nicht. Sie ist glücklich. Und ich bin es auch. Ich habe wieder Lesungen, beantworte auch hier keinerlei Fra-gen, die *letzte Zeit* betreffend, und rasiere mich, zivilisations-bedingt.

35
Sybille und ich und nichts Zufälliges

Nichts ist Zufall. Alles macht irgendwie Sinn. Irgendwas führt zu irgendwem irgendwohin zu irgendwas, zu irgendwem, irgendwann, irgendwo.

Sybille irgendwann mal so: »Du musst lächeln lernen! Alle, wirklich alle Zähne zeigen!«

Ich also mal bleichen. Und dann wird ums blanke Überleben gelächelt. Ja nicht grinsen, das wirkt überheblich. Lächeln. Bei jeder Gelegenheit. Todesfall in der Familie? Hund tot? Katze erfroren? Freitod des Hamsters? Axt im Schädel? Ejakulationsprobleme? Akute Gastritis? Gichtanfall? Freundin betrogen? Egal. Es wird gelächelt! Das Zauberwort heißt: Professionalität!

Und so lächle ich schließlich auch nach dem Tauchgang meines Vaters. Ich lächle meine Schreibblockade nach dem großen, ach was, riesigen Bucherfolg weg, ich lächle die Feuilletonisten und Literaturjunkies an, die fragen, ob ich schon wieder *fleißig am Schreiben* bin beziehungsweise wann denn mein *nächstes Buch kommt,* ich lächle meine Mutter an, die, total irritiert, zurücklächelt. Ich lächle so lange und ausgiebig, bis mir fast der Kiefer abfällt, bis meine Lächellieferbox ein Leck hat, mein Lächeln in den unsinnigsten Momenten ungefragt rausläuft und ich sogar lächle, wenn längst niemand mehr in der Nähe ist, den es noch irgendwie anzulächeln gälte.

Ich lächle selbst, als ich unaufmerksamerweise Dozent werde, für kurze Zeit, und einer Horde von zwanzigjährigen Möchtegernschreiberlingen, die twittern und hypergrammen und bloggen und buggen und screenshotten und waven und snapchatten und meinen, dass die Welt nur auf sie gewartet hat, aus dem Stegreif klarzumachen versuche, dass Schreiben und *Schreiben* zwei Paar Schuhe sind, lächle, als ich »zur Veranschaulichung« meiner These vierzig Minuten lang ohne Sinn und Zusammenhang über die »DNA aller Kampfsportarten – von A wie Aikido bis Z wie Zipfelfechten« referiere und ihnen schließlich durch die Blume zu verstehen gebe, dass ich sie alle am allerliebsten stante pede mit einem saftigen Arschtritt raus ins Leben, weg von ihren lahmen Laptops befördern würde. Es gibt tausend Kriege auf der karrierekompatiblen Welt, allein die USA sind an fünfzehn beteiligt, warum also keine verquasten Poeme – für irgendwie mehr Frieden schreiben? Stumpfsinnig, absolut stumpfsinnig.

Ich werde herumgereicht, vom einflussreichen Irgendwer-Firmenchef zum Irgendwas-Unternehmer, zum Irgendwo-Investor. Alle kreuzen sie bei meinen nun zum Bersten vollen Lesungen auf, lassen sich mit mir fotografieren, lächeln mit mir um die Wette. Immer stehen sie jetzt in meiner Nähe, tätscheln Sybille auf den Rücken, grinsen dabei schmutzig, meinen, dass sie mich *noch größer* machen wollen. Überdimensional groß. Alle nehmen sie Modedrogen, tragen Designerkleidung von Marken, die ich nicht kenne, hinterlassen eine Duftwolkenmischung aus 10 000-Euro-Parfüm und Alkoholikerschweiß, alle haben sie massenhaft Gel oder wahlweise Wachs in den Haaren, alle gehen sie zu »Freudenmädchen«, alle lieben sie ihre »Freudenmädchen« jung, blond, russisch, alle haben sie zuhause Frau und Kinder, alle haben sie keine einzige Zeile meiner Bücher gelesen, alle kennen sie sich im Grunde genommen nur bei ihrem Golfhandicap aus – aber ich sage mir: Was soll's!

Der ehemalige Sechsfingrige, jetzt toll Schreibende kennt den und kennt die.

Teilweise denke ich auch, dass die meisten gar nicht die sind, für die sie sich ausgeben. Dass da Leute einfach seit Jahrzehnten eine Rolle spielen.

Zwischen Sybille und mir bahnt sich schön langsam so etwas an, das meine Eltern wohl auch mal hatten, denke ich so. Schön für den Moment, aber bitter im Bei-, ungut im Nachgeschmack, fast wie Laktoseintoleranz. Was für ein Vergleich! Ich verwerfe den Gedanken. Ist ja auch lächerlich. Natürlich ist das, was wir haben und haben werden, nicht das, was meine Eltern hatten, denke ich und weiß nicht im Geringsten, was ich da eigentlich habe.

Ich lerne schließlich ihre Eltern kennen. Noch nie habe ich Eltern kennengelernt, also noch nie von einer Frau, mit der ich verkehre. Und es war auch noch nie eine Frau dabei, bei der ich die Eltern treffen, ihnen begegnen wollte. Und streng genommen will ich auch Sybilles Eltern nicht kennenlernen, aber so was, erraten, sagt man nicht. Wir gehen in das feine französische Restaurant, in dem früher das *La Parisienne* war. Safranski weint dem Original noch immer nach.

Countdown
7 Minuten, 30 Sekunden

Jetzt zählt er schon die Sekunden runter, der Klieber. Jetzt verlangt er wohl als Nächstes noch Sekundenhonorar, Nachzahlungen im Dezimalbereich. Aber nein, ich habe einfach Spaß daran, zu erzählen, die Sekunden zähle ich jetzt nur, weil sie so eine lächerlich kleine und unterschätzte Zeiteinheit sind. Rettet die Sekunden! Der gute, gar nicht alt gewordene Partyhengst Oscar Wilde war es, der sagte, dass in der höchsten sowie der niedersten Form der Kritik immer eine Art *Autobiografie* stecke. Und diese wiederum konnte die olle Schnapsdrossel F. Scott Fitzgerald gleich mal gar nicht leiden. Ob die beiden recht hatten?

Tue ich das hier? Gehe ich zu mild mit mir um? Lenke ich mich mit dem Sekunden- und Minutenzählen nur ab? Verkläre ich am Ende alles? Leben wir nicht in einer Zeit, wo autobiografische Verklärung Volkskrankheit ist? Und warum frage ich mich das alles? Natürlich ist es so!

Die Literatur hat sich verändert, und zwar gehörig. Das fällt selbst mir auf und ich bin noch keine zwanzig Jahre Bestandteil der »Szene«. Ein beinah sentimentales früher-war-alles-besser-und-leichter-und-überhaupt überkommt mich

schon wieder. Da bewundere ich durchaus solche Schreiber-
linge, die das sechzig, siebzig oder noch mehr Jahre durch-
stehen. Martin »Urknall« Walser etwa, der vor kurzem hun-
dertzwölfjährig abgetreten ist, hat nie so weinerlich gewirkt
wie ich jetzt gerade. Und er hat immer wieder Ideen gehabt.
Keine billigen Blockaden à la Mister Kletus Klieber. Der hat
alles verwursten können. Alter Mann – Zugreise – Bahnab-
teil – junge Frau – Erektionsprobleme – keine Fahrkarte –
Spanischer Bürgerkrieg – – super, daraus lässt sich doch
ein prima Buch schustern! Die Kritiker sabbern schon und
repeaten gleich mal vorweg: »Erneut ein großes Alterswerk!«

Der Gestus der Literatur hat sich aber gewandelt, ihr Fokus sich verschoben. Die Leute wollen keine klugscheißenden
Möchtegernintellektuellen mehr. Sie brauchen keine Autoren
und innen, die ihnen sagen: *Alles ist so furchtbar schlecht!*
Die moderne Welt ist ekelerregend! Lass uns lieber irgendwo
einfrieren und in neunzig Jahren auftauen und nachsehen,
ob's dann wieder besser ist.

36
Preiset den Herrn

Ich erhalte zahlreiche Preise, alle verdient selbstverständlich. In Begleitung von Sybille, die sich auf Nachfragen auch
weiterhin nur als (stolze) Verlegerin (und nichts weiter) vorstellt, hole ich mir den *Best Book of this Whole Lousy Year*
Award 2035 ab. Der schon recht greise, »schwerst schwind-
und schmerztablettensüchtige« – so bezeichnet er sich jedenfalls selbst – Literaturkritikerpapst Wolfgang Maria Marter
übernimmt die Laudatio. Er ist ein netter alter Mann, der
mich und mein bisheriges Werk beim sich anschließenden
Aftershow-Bier über alle Maßen lobt.

»Werter Klieber, Sie besitzen eine so außerordentliche Be-
obachtungsgabe, eine schier unwiderstehliche Fabulierlust!«,
er so.

Ich danke artig, lächle brav und starre wieder auf den Shrimpsteller vor mir.

»Diese Beobachtungs- und Fabuliergabe ist heute sehr, sehr selten!«, er, weitersprechend. Seine kleinen Äuglein, versteckt hinter diesen irritierenden Brillengläsern, eingefasst von diesem massiven, dunkelbraunen Brillengestell, das viel zu massiv für diesen schmalen, faltigen Kopf erscheint, leuchten, als er mir dieses Kompliment macht.

Einige Monate nach diesem Treffen besuche ich ihn auf Anraten von Sybille im Krankenhaus. Die Herzkammern spielen nicht mehr mit. Er wirkt nochmals greiser als zuvor. Ein fahles, unrasiertes, zerknittertes Gesicht, die Augen ohne Brille sogar noch kleiner wirkend. Er liegt da und blickt mich an, als ich eintrete.

»Sie machen einen alten, kranken Mann noch einmal sehr, sehr glücklich!«, sagt er nach kurzem, gewichtigem Zögern. Ich freue mich, dass er sich freut und erzähle ihm, dass ich bereits »weit fortgeschritten« an einem neuen Roman »arbeite«, natürlich nicht, weil ich dies tatsächlich täte, sondern weil ich es für angemessen und sinnvoll erachte, ihm in dieser Situation etwas in der Richtung zu sagen. Er sagt mir voraus, dass ich *mit einhundertprozentiger Sicherheit noch viele, sehr viele Erfolge feiern* werde und nur fünf Tage nach meinem Besuch ist der große und zuletzt ganz kleine Literaturkritikerpapst Wolfgang Maria Marter schon nicht mehr.

Etwa acht Monate später erscheint ein Mann, der meint, Regisseur zu sein. Er trägt eine Strickmütze in modischem Orangeton, die Art von Haube, die man trägt, wenn man eine Strickmütze tragen möchte, die keine Sekunde lang vor Kälte schützt. Modemütze eben.

Ich, gerade im Café sitzend (nicht mehr zentral jetzt, eher dezent versteckt), Zeitung lesend, grüße freundlich. Er setzt sich zu mir und platzt gleich damit heraus. Er habe, so er, bereits mit Sybille, »Ihrer«, also meiner »Sybille«, »also mit Ihrer« (meiner) »Managerin Sybille« gesprochen und nun benötige er lediglich noch »Ihren«, also meinen »Sanktus« für die

»versprochen phänomenale« Verfilmung meines »unwider-
stehlichen Kassenschlagers«. Er sehe bereits, so er weiter,
die Massen in Kolonnen vor den Kinosälen stehn. Er bestellt
sich einen dreifachen Espresso und sichert mir zu, »selbstverständlich jederzeit« am Set erscheinen zu dürfen, um »nach
dem Rechten sehen« zu können. Und weil ich ja bereits schon
mal so toll Leiche gespielt hätte, könne ich, so er, auch gern
jederzeit in der Verfilmung meines eigenen Buches eine spielen. Das sei ja nur fair. Ich so: »Danke nein, das ist nicht nötig! Aber drehen Sie den Film ruhig und schicken Sie mir
die Kohle dann in kleinen Scheinen rüber.«

Das Buch wird also verfilmt. Jorge E. Pattermann (keine
Ahnung, wofür das »E.« steht – Künstlergeheimnis –, meine
erste Theorie »Eunuch« erweist sich später als nicht halt-
bar), *einer der angesagtesten Mimen der 2030er-Jahre*, spielt
den Titelpart. Er ist ein kleiner, drahtiger Grinsekasper mit
lächerlich mickrigem, fast unsichtbarem Spitzbärtchen. Mittlerweile befassen sich die Justizbehörden mit ihm, weil er
einer Reihe minderjähriger Mädchen via privaten Snapchat-
Storys fotografische Aufnahmen seines Intimbereichs sand-
te. (Eine Stimme aus den Tiefen des Internets habe es ihm
befohlen, äußert er bei der ersten polizeilichen Vernehmung.)

Damals am Set scheint er nett zu sein, ja, fast schüchtern,
wenn ich vorbeischaue, manchmal sogar so, als könnte er
noch nicht mal den Mund aufmachen. Einmal fragt er mich
sogar nach einem Autogramm und ob ich denn dächte, dass
er die Rolle auch wirklich *angemessen rüberbringt*.

»Aber ja doch! Ich wüsste wahrhaftig keinen Besseren!«,
sage ich und meine es auch, weil ich schlicht und einfach
keinen blassen Schimmer von der heutigen Filmwelt habe.
Ich kenne, erkenne keine Schauspieler, keine Schauspiele-
rinnen, nicht einen, nicht eine. Alle haben sie den gleichen
ausdruckslosen Gesichtsausdruck. Alle sind sie austausch-,
vertauschbar. »Wenigstens hat dieser Pattermann rote Locken«, denke ich. »Daran kann ich ihn in einem Jahr vielleicht noch erkennen.«

Countdown
5 Minuten

Fünf Minuten. Zum Glück, ja, wirklich, zum Glück nicht fünf vor zwölf. Update, das x-te. Ich möchte nicht mehr zählen. Viel zu lange schon. Der Sekundenzeiger meiner Uhr wackelt seltsam, zittert sich regelrecht von einer Sekunde zur nächsten. Ach was, jetzt, so kurz vorm Ziel geht der auch noch hops. Gibt einfach auf. Der feige Zeiger. Kolibriert und kollabiert. Aber Zeit ist ja auch relativ. Und wenigstens nicht fünf vor zwölf. Ja, jetzt plötzlich ein so billiger Aberglaube?

»Ist Ihnen nicht gut?«, fragt die Alte neben mir.

»Nicht sonderlich. Ich muss da jetzt gleich rein.«

»Ja, jetzt müssen Sie gleich rein und ich verspreche Ihnen, dass Sie auch wieder rauskommen.«

»Und meine Geschichte muss ich auch noch schnell fertig erzählen.«

»Wie bitte? Sie erzählen doch gar nichts! Im Gegenteil, jeden noch so kleinen Wurm muss man Ihnen einzeln aus der Nase ziehn.«

»Nicht Ihnen, den anderen!«

»Welchen *anderen?* Hier ist doch keiner außer uns. Ich versteh Sie nicht!«

»Jawohl, Sie verstehen mich nicht. Schon recht!«

Darauf blickt sie mich an wie einen Schwerverbrecher, kneift die Augen, zieht den zahnlosen Mund zusammen – und schweigt.

Gut so. Schweig, alte Frau, deren Namen ich nicht kenne.

Ich denke oft an die Massagen, die Rosita mir machte. Intimmassagen. Anfangs ungewohnt und eigentlich auch später. Immer also. Daran gewöhnt man sich nicht. Sie, immer ungefragt Hand an mich legend, duftete dabei wunderbar. Ob ich am Ende gar von diesen ausufernden Intimmassagen, diesem endlosen Geknete den Krebs hab? Blödsinn!

Ob ich Sybille nicht doch noch von Rosita erzählen sollte? Warum denke ich denn jetzt an diese ganzen sinnlosen Dinge? Neben mir die alte Schmollende und ich denke darüber nach, meiner Ex den Beischlaf mit einer anderen zu beichten. Wozu? Außerdem würde sie sowieso nicht rangehn. Sie wird meine Nummer sehen und nicht rangehn, so, wie sie es schon etliche Male zuvor tat, also nicht tat.

Ich habe plötzlich die unsinnige Idee, dass alles eigentlich, also wirklich alles, sowieso nur ein böser, langer Traum ist, ich nach wie vor im Zenit meines Ruhmes stehe und hier lediglich wegen einer, sagen wir, Infusion – für oder gegen was auch immer – sitze und danach wieder alles von ganz allein in geregelten Bahnen läuft. Ach ja, schön wär's ...

37
Glamour und Glitzer und Hochglanz

Wir sind schon gut ein Jahr miteinander romantisch verwoben, als wir unsere Beziehung endlich öffentlich machen. Kletus Klieber, der neu aufgegangene Superstern am Literaturhimmel, und Sybille Rothfuchs, die schöne, engagierte Verlegerin in erster Generation, mit dem goldenen Händchen. Wir sind ein gefundenes Fressen für den intellektuellen Boulevard, die Feuilletonpaparazzi, den Kaffeehausliteratentratsch. Es gibt komplette Hochglanzfotostorys über uns und mich erreichen tatsächlich zahlreiche Beileidsbekundungen von weiblichen Fans und Leserinnen, denen die Frau an meiner Seite nicht passt. Da heißt es etwa:

»Lieber Kletus, du sexy Poet! Du Jahrhundertschriftsteller! Nimm doch mich und gefälligst nicht diese rote Teufelin!«

Oder:»Geliebter Kletus Klieber. Sie sind der schönste Schriftsteller seit diesem Benni Stucki Barri Süßi vor vierzig Jahren, bitte begehen Sie jetzt nicht den Fehler und binden sich dauerhaft. (Es wäre eine Tragödie.) Warum legen Sie sich nicht stattdessen einen eigenen Hof mit Pferden, Kühen, Schafen zu? *Das* wäre romantisch! (Aber auch, ich weiß, viel Arbeit ...)«

Ich verstecke die Briefe vor Sybille, so gut, dass ich sie lange selbst nicht mehr finde. Erst vor wenigen Wochen, Zufall, entdeckte ich sie wieder und für den Bruchteil eines Augenblicks überlegte ich allen Ernstes, ob ich nun als quasi Wiederzuhabender, als mittlerweile Erfolgsautor a.D. doch noch zurückschreiben sollte.

Meine diversen Preise nehme ich zumeist pipifein gekleidet entgegen. Anfangs quellen mir noch die Augen hervor, weil der hochgeschlossene Kragen zusammenschnürt, doch mit der Zeit wird alles zur Routine und irgendwann sprechen Sybille und ich nur noch von *Ausfit* (Auszeichnungs-Outfit), *Lesfit* (Lesungs-Outfit), *Glamfit* (Gala-Outfit) und *Freifit* (Freizeit-Outfit), wobei das Letztgenannte (bitte jetzt bloß nicht lachen oder komisch gucken) nochmals in *dri* (drinnen), *dra* (draußen) und *drullala* (Schlafzimmer) unterteilt – unterklieberkleidergliedert – wird, schließlich will man keine bösen Blicke ernten oder durch das unüberlegte Tragen einer Jogginghose, beim profanen Rasenmähen zum Beispiel, seinen Ruf als Exzentriker verlieren. Ließe ja nebenbei auch den eingeäscherten Lagerfeld in seiner Urne rotieren ...

38
Die Sache mit dem Haus

Nach meinem bombastischen, reißerischen Durchbruchbuch schiebe ich ein Erzählbändchen nach, freilich mit dem gebührenden Respektsabstand. Es soll ja nach Arbeit aussehen. Dabei lag das Manuskript seit Jahren fertig in der Schublade. Der Verlag, Sybille also vor allem, nimmt es dankbar entgegen, die Kritik weitaus weniger. Unvorteilhaft rezensierter Ladenhüter von gerade einmal 98 Seiten, noch dazu in übergroßer Schrift und winzigem Format, und seit dieser Zeit will der Nachfolgeroman nicht gelingen. Ich überlege noch kurz, das Guam-Tagebuch nachzuschieben, ziehe aber nach ernüchterndem Anlesen schnell den Schwanz ein, weil dutzende, wenn nicht gar hunderte von Seiten lange Beschreibungen desselbigen (Rositas Kunstfertigkeit und Einfallsreichtum hin oder her) wahrscheinlich vielleicht eher doch nicht unbedingt ungefiltert unters Lesevolk gehören. Sybille meint: »Mach dir nichts draus! Der nächste Roman wird sicher wieder ein Hit!« Und ich sage: »Ja, genau. Der nächste Roman ...«

Ich habe weder Ideen noch Lust, noch Vorarbeiten. Einige lose Zettel und wenige wirre Gedanken. Sybille sage ich es nicht. Sie wird im Glauben gelassen, etwas Großes werde bald bevorstehen. Ich spreche von *noch mehr Muße, damit der Roman auch so richtig perfekt wird.*

Und eines Tages, da passiert es.

Aufblende.

»Wolltest du nicht immer ein Haus im Grünen haben, Kletus?«, Sybille so zu mir. Sie sitzt auf der Couch, die schöne, rotumrandete Lesebrille auf, eine Immobilienzeitschrift auf dem Schoß. Kurzer Rock, weiße Nylons.

»Ach, *ich verlottertes Stadtkind?* Aber warum eigentlich nicht?«

»Dann schau dir doch mal *das hier* an. Da, siehst du? Schönes Häuschen, schönes Gärtchen – nicht zu groß und nicht zu klein ...«

Ich nicke und keine zehn Minuten später sitzen wir im Auto. *Abblende.*

Aufblende. Sybille und ich stehen vor dem Haus – dem Häuschen besser gesagt. Lachsfarbener Ton, zweistöckig. Schöne, ruhige Lage, Gärtchen dazu, quadratisch. Das Gras schön grün, nicht zu grün, dazu eine angenehme Höhe der Grashalme, ein Nussbaum, ebenfalls in der richtigen Größe, steht ideal, dekorativ plus schattenspendend dabei.

»Es ist ein Schnäppchen! Da *musst* du fast zuschlagen!«, Sybille so.

»Du meinst, *wir* müssen zuschlagen.«

Sie lächelt. Ich lächle. Ich kann das ja. Erfolgreich verinnerlicht quasi.

»Der perfekte Rückzugsort! Hier könntest du wunderbar schreiben ...«

Sicher, denke ich, *wunderbar schreiben oder fantastisch Löcher in die Gegend starren – irgendwas wird schon gehn ...*

»Und gärtnern kannst du auch noch nebenbei.«

»Davon versteh ich nichts.«

»Das kommt von alleine, das wirst du dann sehn.«

»Sorry, Sybille, aber das bezweifle ich! Bei mir verendet sogar Kresse ...«

Sybille amüsiert sich. Es ist ein schöner sonniger Tag. Sie hat die Sonnenbrille auf. Ihre weiße Haut zeigt schon einen leichten Anflug von Rot. Passt zur Haarfarbe, denke ich.

»Du wirst ab jetzt *keine schlechte Kresse* mehr haben, dafür sorge ich, versprochen!«

Neben uns der Makler, ein Jungspund, noch keine fünfundzwanzig. Etwas schmierige Visage. Lacoste Hemd, weiße Hilfiger Hose, Modell *Einmal-auf-der-Wiese-sitzen-und-eine-neue-Hose-muss-her.*

»Wir schauen uns jetzt drinnen um und dann können Sie mir bestimmt schon sagen, ob dieses Schmuckstück nicht vielleicht was für Sie wäre.«

Ich nicke und lächle und lächle und nicke und denke, dass man ihm ein Wort wie *Schmuckstück* sicher erst noch beibringen musste.

Wir trotten also rein. Nett, alles nett. Holz. Ein Fest für Holzwürmer und Maden aller Art. Unten Küche, ein großer Wohnbereich, WC, Bad, oben zwei etwa gleich große Räume mit je circa fünfzehn Quadratmetern und ein kleinerer, fensterloser.

»Den da könnten wir als Schlafzimmer verwenden!«, meint Sybille zu einem der beiden gleich großen Räume. Zum Glück nicht zum kleinen.

»Stimmt«, ich so. Und: »Da würden wir sicherlich öfters mal sein.«

Der Makler grinst dreckig. In seinem halboffenen Mund klafft eine mehrere Millimeter breite Lücke zwischen den oberen Vorderzähnen.

Ich erbete mir etwas Bedenkzeit, um dann zuzuschlagen, selbstredend rein verbal. Sybille und ich werden also Hausbesetzer, halt, -besitzer, ich offiziell, sie inoffiziell. Als wir uns entschließen, das Haus zu nehmen, lobt Lücke: »Eine *vorzügliche* Entscheidung!«

Am Abend dieses Tages liegen wir im Bett. Der Klassiker. Der Autor und seine Verlegerin. Ich betrachte sie. Die Haare offen. Mit den Zeigefingern beider Hände massiert sie sich die Schläfen, fährt dann mit Daumen und Zeigefinger der rechten Hand weiter, rüber zur Nasenwurzel, und massiert auch dort. Dabei ganz kleine Augen. Äuglein, wie man so schön sagt.

»Kopfschmerzen?«, ich so.

»Stress und Müdigkeit. Lass uns schlafen ...«

»Wenn erst mal mein neuer Roman draußen ist, kannst du dir ein Weilchen freinehmen. Dann verdienst du genug.«

»Das wär schön.«

»Das wird auch schön. Wirst schon sehen!«

»Gute Nacht!«

»Gute Nacht!«

Dann wird's dunkel.

Dunkeldunkel.

39
Diese furchterregenden Alltäglichkeiten

Seltsame Fragen schwirren mir durch den Kopf: »Kommt *Lebensgefährtin* von *Lebensgefahr?*« Die Beziehung bringt Dinge mit sich, die mir durchaus Unbehagen bereiten. Etwas mit den Eltern unternehmen zum Beispiel, *etwas mit Sybilles Eltern unternehmen* vor allem. Rothfuchs-Alarm. Die Urangst, statt Rothfuchs mal *Rothficks* zu sagen.

Aufblende. Erschreckend heiteres Beisammensein mit Sybilles Eltern. Der Vater von Sybille, der abwechselnd seine buschigen Augenbrauen hochziehen kann – mal links, mal rechts, mal andersrum –, fragt nach *meiner Familie*. Er habe, meint er, das meiste über meine Person ja nur Klappentexten oder Interviews entnehmen können. Er ist ein Mensch von großer, breiter Gestalt, mit knochigem Gesicht. *Und Händen, von denen eine allein mein Gesicht vollkommen verdecken könnte*, ich so denkend. Kurzum, ein Traum! Sybille und ihre Mutter, die mit der roten Hochsteckfrisur, schnattern angeregt und ich sehe mich in die Ecke gedrängt. Viel mehr Platz bleibt einem neben Sybilles Vater auch nicht. Ich stammle, dass sich meine Eltern schon vor langem getrennt haben, dass meine Mutter seitdem mit vielen verschiedenen Männern verkehrte und dass mein Vater zu den Fischen gegangen ist, aber auf die ungesunde Art. Es ist plötzlich ganz still im Lokal. Sybille, die mir gegenübersitzt, schaut mich an. Ich kann ihren Blick nicht deuten. War ich zu ehrlich? Ihre Eltern blicken weg. Der Kellner kommt, fast wie gerufen, und nimmt die Bestellungen auf.

In dem Edellokal steht der Kaviar zum Löffeln bereit auf allen Tischen und Sybilles Mutter trägt eine Perlenkette, die ebenfalls nach Kaviar aussieht.

Den Rest des Abends reden wir über Literatur, Literaturmarkt, Gewinn- und Verlustkalkulation. Der Vater mustert mich, seinen potenziellen (wahrscheinlich aber: *hoffentlich doch nicht)* künftigen Schwiegersohn. Die Mutter mustert mehr den Kellner mit dezent südeuropäischem Touch. Sybille mustert das Essen und würde es am allerliebsten großangelegt fotografieren und damit WWW-Foodporn betreiben, weiß aber auch, dass sie als brave Tochter aus gutem Hause so was niemals nie, zumindest nicht hier vor den Eltern, tun sollte. Ja die Etikette wahren! Ich mustere gar nichts und gar niemanden, beobachte lediglich die Musternden, ganz oldschool Thomas-Petersen-Musterschüler. Und frage mich, ob ich das alles wirklich, tatsächlich nötig habe.

Ich sehe Sybilles Eltern nach diesem Treffen nicht mehr allzu oft. Zwischen Tür und Angel höchstens, man geht sich augenscheinlich aus dem Weg. Ihre ebenso rothaarige und auch sonst nicht übel aussehende (Klieber, du alter Chauvi!), sechs Jahre jüngere Schwester Melissa, der sogar die Tore von Cambridge zwecks Literaturstudiums geöffnet wurden, sehe ich auch nur einmal kurz. Der Mann an ihrer Seite entspricht anscheinend weitaus mehr den Vorstellungen ihrer Eltern. Edmund, halb Brite, halb Schweizer, berichtet, vielleicht als Lückenfüller gedacht – man bricht grade zu irgendwas auf, ohne mich freilich –, in seiner »Sturm-und-Drang-Phase« – schon alleine der Beginn »Während meiner Studienzeit ...«, einer dieser Triggersätze, auf die ausschließlich mit Nicken, Kopfschütteln, runterklappender Kinnlade oder Raunen reagiert werden kann – mehrere Male an »sogenannten Wettessen« teilgenommen zu haben. Da habe man sogar Startgeld bekommen und dann natürlich in erster Linie, liege ja in der Natur der Sache, die Garantie und Aussicht auf »ordentlich Essen«. Sechsunddreißig Hotdogs in fünfzehn Minuten seien sein persönlicher Rekord gewesen und während ich sofort in Fremdschämmodus gehe, zeigen sich Sybilles Eltern, Sybilles Schwester, ja, selbst Sybille begeistert, bewundernd. Wie sehr solche eigentlich unbedeutenden Erlebnisse, wenn ich sie Revue passieren lasse, in mir immer noch dieses seltsame, schwer beschreibbare Gefühl des Unverstandenseins hochkommen lassen!

Update
Minus 1 Minute, 4 Sekunden

Nein, korrigiere: 5, nein: 6, nein: 7 Sekunden. Ach, sei nicht albern, Kletus. Ich werde unruhig. Was soll das? Längst 15:01 Uhr – Verrat!

Die alte Frau ist auf Toilette. Plötzlich aufgeschreckt, irgendwas von »volle Blase« gemurmelt, losgehumpelt. Ich durchblättere eins der üblichen verdächtigen Klatschmagazine, wie sie in mittelmäßigen Arztpraxen und runtergekommenen, versifften Krankenhäusern für gewöhnlich unaufgeräumt, hastig (durchs halbe Zimmer) hingeschmissen herumliegen. Reißerische Headlines und rotzverklebte Seiten – ich lese recht schlampig und entdecke beim Überfliegen ein seltsames Mischwesen. *Bär-Tiger-Mann überfällt schwangere Nonne.* In Wirklichkeit natürlich *Bärtiger Mann.* Oder *Exklusiv! Die 20 wichtigsten Hypochonder Must-haves der Saison* oder *2000 Jahre Kreuzschmerzen. War Jesus das erste Opfer?*

Nein, ich habe jetzt nicht die Nerven fürs Lesen – dann doch lieber den unheimlichen Traum jener Sommernacht in meinem neuen Eigenheim ... Noch heute stehende Nackenhaare von!

Eine Hochsommernacht in meinem neuen feinen Häuschen mit dem feinen Gärtchen und dem feinen, (noch) genau richtig hohen Gras. Schwül draußen, schwül drinnen, fast tropisch. Ich, dementsprechend mehr als feucht, wälze mich im Bett, Sybille, neben mir, wie die rote Zora schlafend (Himmel, wie pathetisch!), regelmäßig atmend. Und dann steht plötzlich mein aufgedunsener Wasserleichen-Vater wie aus einer radikalnaturalistischen Shakespeareinszenierung entflohen vor mir. Seine Augen sind gerötet, er riecht nach Fisch und Algen und wirkt allgemein sehr ungepflegt. Der Bart hängt verfilzt und schlaff herunter, die wenigen Kopfhaare sind schleimig bis klatschnass, die Finger, die Zehen und die dazugehörigen Nägel allesamt gleich blau.

Ich blicke nochmals zu Sybille. Nichts. Sie atmet ruhig, Marke Tiefschlaf. Ich blicke zu meinem toten Vater.

»Es ist viel zu heiß hier drin, Junge! Dreh doch mal die Klimaanlage an in deinem neuen Schlafzimmerchen! In meinem Zustand bedeutet diese Hitze den sicheren Tod!«

»Papa? Ich äh habe keine Klimaanlage, weißt du, Klimaanlagen sollen gar nicht gut sein, für die, für die äh Gesundheit. Kleine Partikel können sich in der Lunge ...«

»Herrje! Keine Klimaanlage? Dann muss ich es wirklich kurz machen ... Zuallererst: Ich segne dich!«

Er macht eine segnende Handbewegung und dicke Tropfen Sumpfmoder klatschen mir unangesagt ins Gesicht. Dann holt er tief und rasselnd Luft:

»Und höre: Mache nicht dieselben Fehler, die ich machte! *Du weißt, was ich meine.*«

Dann verschwindet er und ich wache auf. Sybille, neben mir, atmet viel schwerer, unruhiger als in meinem Traum. Welche Fehler schon wieder? Sich einen Bart wachsen zu lassen? Einen sehr fragwürdigen Modegeschmack zu besitzen? Nur kurz beruflich reüssiert zu haben? Zu heiraten – die Rothfuchsens als Schwiegereltern zu bekommen? Hausbesitzer zu sein? Mit seiner Verlegerin zu schlafen? Eine Familie zu gründen? Nicht in Guam geblieben zu sein? Jetzt nicht neben Rosita zu liegen und ihrem wunderbaren Akzent zuzuhören? Überhaupt je mit dem Schreiben begonnen, statt was Anständiges gelernt zu haben? Zu oft der Onanie gefrönt zu haben? Abgesehen von der Maultrommel kein Instrument zu beherrschen? Meine Mutter viel zu selten zu sprechen und noch viel seltener zu sehen?

40
Sybille, ach Sybille

Seit fast neun Monaten kein Sterbenswörtchen mehr zwischen dir und mir. In neun Monaten kann natürlich – ach Quatsch, *das würdest du doch sagen ...?* Manchmal stelle ich mir vor, dass du hier bist und wir reden, über absolute Nebensächlichkeiten. Du siehst dabei genauso aus wie bei unserem letzten Beieinandersein, weil ich ja auch schlecht wissen kann (weil ich gar nicht wissen will), ob und wie du dich seitdem verändert hast. Irokesenhaarschnitt und Nasenring oder Botoxbehandlung womöglich.

Die Schreibblockade bringt so einiges mit sich. Wenig Positives. Ich denke viel über Triviales nach, wie zum Beispiel, dass *Handy* ein inkongruentes, vollkommen unterschiedliche Vorstellungen hervorrufendes Anagramm von *Haydn* ist. Ich bin einen Moment still darüber erheitert, während ich weiter vor weißem Papier sitze.

Nach der Liebelei dann also nur noch geschäftlich verbunden. Von einem Tag auf den anderen. Mit ernstem Unterton beordert mich Sybille ins Büro ihres Verlagshauses. Sie zieht die Augenbrauen hoch, richtet sich die Hornbrille, trommelt mit den Fingern auf der Mahagonitischplatte.

»Kletus, mein Lieber. Du weißt, uns verbindet was ganz Besonderes. Fast acht Jahre schon. Und du bist ein Großer, aber jetzt ... Seit über vier Jahren kommt da nichts mehr. Der Roman?! Ich finde, der Verlag wartet schon viel zu lange. Du schreibst nichts außer wirren Notizen und gräbst unwitzige Fossil-Gags für ein paar unwichtige Schundblätter aus. Den hier zum Beispiel: ›Was ist der Unterschied zwischen Tennis und Bungeejumping? Antwort: Beim Tennis hat man zwei Aufschläge.‹ Entschuldige, Kletus, aber der hat so dermaßen Bodenbart, den hat bestimmt schon Boris Becker von seiner Uroma erzählt bekommen.«

»Die Schreibblockade!«

»Papperlapapp! Ein Autor, der nichts schreibt, ist wie ein Eisbär ohne Fell!«

»Komischer Vergleich.«

»Es geht jetzt hier nicht um stilistische Feinheiten, Kletus. Ich kann einfach nicht mehr warten, verstehst du?«

»Nein.«

»Du wirst dir für dein nächstes Buch leider einen neuen Verlag suchen müssen!«

»Einen neuen ... – aber ... was ist dann ... *mit uns?*«

»Uns gab es sowieso nur noch geschäftlich und nun gibt es uns eben gar nicht mehr!«

»Ich glaube, das will ich nicht.«

»Du hast es zu wollen, Kletus. Ich danke dir für die letzten Jahre. Die waren teils ganz wundervoll.«

Wir schütteln einander die Hände. Irritierend, einer Person, mit der man intim war, über einen Tisch hinweg die Hand zu reichen. Ich schleiche Richtung Bürotür, sage ein knappes »Adieu!«, drehe mich noch einmal halb zu ihr.

Die Verlegerin hebt die Hand, ein kurzes Winken, beinah royal, als hätte sie alles genau so erwartet und einstudiert. Dann verlasse ich den Verlag und bin verlagslos. Das muss einem wie mir erst einmal passieren! Das passierte einem wie mir ja noch nie! Was jetzt passieren wird? Es müsste doch passieren, dass die Verlage sich jetzt minütlich, ach was, sekündlich bei mir melden, sobald es sich rumspricht, dass ich wieder auf dem Markt bin, denke ich so. Ich rede mir ein, dass das Verlage so tun. Die fetten Verlagsleiter und innen, mit Vorderzahnspalte, buschig wuchernden Walser-Waigel-Brauen und dickem Zigarrenstummel im sabbernden Mund, glotzen permanent, die Wurstfinger in die Hüften gestemmt, aus den Fenstern ihrer Büros in den obersten Etagen, vollkommen aufgegeilt von der Szene, und warten nur geradezu auf einen Autor vom Kaliber eines Kletus Klieber. Sie weisen ihre überarbeitete, unterbezahlte Dienerschaft an, dass umgehend mit mir Kontakt aufzunehmen sei; dass gilt, mich um jeden Preis ausfindig zu machen.

Aber natürlich passiert nichts dergleichen.

Es ist die Zeit, in der ich auf die Straße gehe, unfrisiert, unrasiert, ungeduscht, und denke, was wohl die anderen von mir denken. Meine ganzen bemitleidenswerten Gedanken drehen sich nur um die Gedanken der anderen Bemitleidenswerten. Wirklich bemitleidenswert. Als wären die Gedanken dieser Leute irgendwie wichtig. Ich sage, nein, ich denke mir, dass die Gedanken dieser Leute über mich nicht wichtig sind.

Update
Minus 6 Minuten

In den neun Monaten und ein paar zerquetschten Tagen seither hat sich kein einziger Verlag gerührt. KEINER! (Aber ich hätte ja auch nichts, was ich anbieten könnte.)

Dafür sitze ich nun hier (Kausalität? Eher nicht!) und habe meine Geschichte bis zum gegenwärtigen Zeitpunkt erzählt, quasi eine Art Krankenhaus-Forrest-Gump.

Manchmal, in letzter Zeit häufiger, wünsche ich mich wieder nach Guam. Und frage mich dabei selbst: Wer würde mich schon großartig vermissen? Sicherlich niemand von all denjenigen, die mich vor Jahren am Literaturradar hatten. Kein einziger von denen fragt sich jetzt exakt in diesem Augenblick: »O ja, genau, dieser Klieber, exorbitant guter Autor, wo der jetzt wohl steckt?« Aber was hilft's, ich sollte das Wünschen anderen überlassen.

Es ist 15:06 Uhr. Die Alte ist noch immer auf Toilette, zum Glück, wahrscheinlich so richtig ordentlich andächtig Blase mal entleeren. Gott, über was ich mir hier Gedanken mache – was ich mir hier noch alles ausmalen muss! *Zum Glück*, sage ich, denn irgendwelche weihevoll vorgetragenen, *aufmunternden* Lebensweisheiten könnte ich jetzt wirklich nicht gebrauchen. Außerdem meine ich zu spüren, dass sie mich tatsächlich nicht leiden kann, dass das alles hier »zwischen uns« nicht etwa nur ein sowieso irgendwie eh nur ironisches Spielchen ist ... Ich bin wahrscheinlich einfach zu lange schon zu weit weg von Otto Normal und Ottilie Normalo. Und ich nehme meiner Mutter übel, dass sie andauernd neue Männer an ihrer Seite hat, und ich vermisse meinen Vater, den verrückten Alten.

Ich rutsche hin und her. Unruhe. Bitte keine akademische Viertelstunde jetzt, ich muss doch schon bitten, so was ist doch wohl unhöflich ...

Meine Geschichte endet hier. Wie pathetisch! Ich warte mich zu Tode! Jahre, Jahrzehnte! Irgendwann wird die ergraute Schwester kommen, mit (wieder mal) leergefressener Brötchentüte, Besen und Schaufel, und mich wegkehren, das Häufchen Elend, das noch übrig geblieben sein wird.

»Gebt dem Mann doch wenigstens noch einen Oscar – er ist großes Kino!«, höre ich die Kritiker schon aus dem Lokus brüllen. »Einen Oscar für die beste Sterbeszene, den hätte er schon damals in der Sauna verdient.«

Doch plötzlich: Totale!

Die Pforte geht auf – einen Spalt ... (Spannung!) ... noch einen ... (noch mehr Spannung!) ... noch mal einen ... (schier unglaubliche Spannung!) – und tatsächlich werde ich aufgerufen, exakt à la Oscars ... Na ja, okay, okay, okay, zugegeben, der Wortlaut mag minimal abweichen, »Herr Klieber?!« heißt es nämlich – und auch der typische Glamour Hollywoods kommt ein bisschen zu kurz, will sich nicht so ganz recht einstellen ...

Eine Krankenschwester. Vollweib. Blonde, ins Graue gehende Locken, Gottschalkfrisur. Doppelkinn und Hammerzehe rechts, die sich sogar durch ihre Wollsocke hindurch erkennen lässt.

»Eintreten, bitte!«

Ich tue dies und es ist ganz Canossa. Ich schreite.

Ein Korridor, belegt mit blassblauem Billiglaminat, begrenzt von gelblich weißen Kalkputzwänden, am Ende die Tür: »Prof. Dr. med. Holger Spendel«. So schnell geht das jetzt plötzlich alles. Rudi Carrell hätte gesagt: »Eben noch im OP paar Patienten verloren – jetzt auf unserer Showbühne!«

Ich trete ein, trippel, trappel. Er schreibt. Ich räuspere mich. Er schreibt noch immer. Da sitzt er also, vollkommen bartlos, sogar ganz frisch rasiert. Ich räuspere mich erneut. Dezent. Gute elterliche Erziehung. Er blickt auf. Rückt die Brille zurecht. Räuspert sich ebenfalls. (Ich mich auch noch mal.) Dieses furchtbare Geräuspere – lassen wir doch das Theater und kommen endlich zur Sache, denke ich. Ich bin aber auch überempfindlich heute, meine Güte – na ja, kein

Wunder bei *der Auslieferung!* Tja, Kletus, irgendwas wohl falsch verstanden, irgendwie was falsch gemacht – und jetzt also statt selbst (Zeit genug wär doch gewesen!), *statt selbst zu liefern:* aus-geliefert!

Mein Leben in den Händen eines Arztes, der mich zuerst schreibend, jetzt räuspernd und mit hochgezogenen Augenbrauen empfängt! Diese Augenbrauen ... Er sieht aus wie eine Billigversion von Willie Tanner. Ach, dieser vom TV verdorbene Kletus Klieber jetzt wieder! Ein paar Bücher, einen Kracher darunter, danach vollkommen hemmungslose TV-Abhängigkeit, vor allem die Klassikerkanäle haben es ihm angetan ...

»Herr Klieber, guten Tag, bitte ... setzen Sie sich doch erst einmal ...«

»Guten Tag, Professor Sp*eee*endel.«

Ich, ganz höflich, um es *ihm* leichter zu machen, möchte noch irgendwas zur Auflockerung vor mich hin trällern, aber es misslingt mir. Ich spüre sofort, dass dabei nichts als unsicheres Gekrächze rauskommen würde.

Kalte Schauer übern Rücken. Blicke. Stille. Uhrenticken. Birkenstockschlapfen in der Ferne. Klicken des Kugelschreibers. Klick. Klack. Klick. Klack. Klick. Himmel, wo bleibt das »klack«? Ich möchte ihn auch fragen, wie die Operation so gelaufen ist und wie er es – an mir vorbei – hierher in sein Büro geschafft hat, ob es einen Schleichweg – *klack* –, 'nen Schleichweg gibt, *da war's, zum Glück.*

Ich setze mich und frage stattdessen ohne Umschweife:

»Wie lange habe ich noch?«

»Nun ...« (Er räuspert sich.)

Mach's nicht so spannend, Spendel! Ich hasse Krimis. Ich schreib keine und lesen tu ich sie schon mal gleich gar nicht.

»Sie sind doch seit eben erst bei mir – da werd ich Sie doch nicht sofort gleich wieder ziehen lassen! Ein Weilchen sind Sie schon noch hier ...«

»Bitte keine Scherze, bitte sofort zur Sache! Krebs? Ich meine: bösartig? Endstadium? Sollte ich besser schon mal meinen zwölffarbigen Grabstein aus Neonknete vorbestellen?«

»Ihren ... – *aus was?* Nun gut, das Geschwulst, das da neulich entdeckt wurde, ist gutartig. Bitte entschuldigen Sie meinen kleinen Scherz. Kein Krebs. Wird einfach entfernt, das Ding, vollkommen unbedenklich. Am besten schon sofort nächste Woche, Sie lassen sich gleich morgen früh telefonisch einen Termin geben. Sie haben also noch –« (Bricht gähnend ab.)

»Ich habe also noch ...«

»Sie haben also noch ...«

»... Zeit?«

»Genau! Mehr als genug, hoffentlich. Ich bin übrigens ein großer Bewunderer Ihrer Bücher ...«

»Autogramm?«

»Gern.«

Kurz und bündig. Ich schüttle dem netten Onkel Doktor Willie Tanner die Hand, nachdem ich noch rasch auf einem liegen gebliebenen Notizzettel (genau unter »3×täglich 120 mg«) unterschrieben habe.

Meine Geschichte kann, darf also weitergehen, ich so denkend, raus aus diesem Krankenhaus, das mich nun hoffentlich lange, lange erst mal nicht mehr sehn wird.

Draußen auf dem Gang blickt mich die Alte, zurück von der Damentoilette, mit neugierigen Augen an.

»Meine Geschichte geht an dieser Stelle weiter«, verkünde ich ihr. »Vielen Dank für Ihre Aufmerksamkeit!«

»Alles Gute, junger Mann! Genießen Sie das Leben, es ist viel zu kurz.«

Ein absolutes Gefühl der Schwerelosigkeit. Vorbei am Obdachlosen. Langer, weißer Weihnachtsmannrauschebart und ein gewinnendes zahnloses Lächeln. Die fünf Personen auf der Plakatwand – irgendwelche fotogenen jungen Menschen mit demselben Lächeln, das ich auch mal so perfekt draufhatte – wurden, von ihm, nehme ich an, mit Hitlerbärtchen versehen, auf ihren fünf Stirnen (insgesamt) stehen (insgesamt) fünf Worte, mit schwarzem Marker geschrieben:

FAHRT ZUR HÖLLE, IHR NUTZLOSEN!

»Hey Freundchen, schöner Tag, was?«, er so.

»Absolut! Ein ganz fabelhafter Tag. Nach allen Regeln der Kunst.«

»Bruder, wichtig, hör mir mal zu, ich sitz grad knetemäßig so 'n bisschen aufm Trockenen, hättest du an so 'nem fabelhaften Tag wie heute für jemanden wie mich nicht zufällig ein paar Kröten über?«

»Sorry, nur 'ne kurze Frage: Vielleicht mal Literaturkritiker gewesen, zufällig, kann das sein? Vielleicht am Ende immer noch?«

»Literatur ...? Was zur Hölle?! *Verarschen* kann ich mich selbst, Mann!«

»Nein, das wollt ich nicht. Ich dachte nur ... – hier! Egal!«

Ich gebe ihm zwanzig Euro. Bin ja gut gelaunt. Er bedankt sich mit einem staunenden *Danke, Kollege!*

Ich verstehe den Weltenmechanismus nicht. Noch immer nicht. Habe ich nie. Was soll's! *Der Versuch, alles verstehen zu wollen, lässt dir sowieso nur den Kopf schmerzen.*

Abscheuliche Krankheiten, Seuchen, Nackenverspannungen, idiotische TV-Sendungen, hungernde Laufstegmodels, dämliche Namenstrends (ich sag nur *Tustirius* und *Philadira*), gewaltverherrlichende Egoshooter ab 12, mit Dummheit oder Größenwahn oder beidem gesegnete Politiker und auch innen, ein neuerlich geteiltes Deutschland, noch immer einen Dauerkrieg in Spanien, noch immer einen Cyborg-Putin, der Feinde willkürlich ausradiert. Dazu Drohnen, die den Einkauf erledigen und dabei das Aussterben der Bienen durch ihr angenehmes Summen fast vergessen machen, 3D-Scanner an jeder Straßenecke, so gut wie keine Obdachlosen – die sind aus dem modernen Stadtbild verschwunden, sprechende Kaffeeautomaten, die sagen: »Extrastark – sind Sie sicher? Bitte denken Sie an Ihr Herz! Sie haben die Bestätigungstaste gedrückt!«, Menschheitsverbrechen wie die wiedereingeführte Sommerzeit, betrübt aussehende Zootiere, schlechte Literatur, vor allem im World Wide Web, üble Kunst, furchtbar miesen Journalismus, Geschmacksfernsehen, Billigflüge überallhin (Kerosin kostet ja nichts mehr), kein Facebook und kein Google mehr (dafür andere penetrant nachspionierende asoziale Netzwerke), egozentrische Computer, die nur funktionieren, wenn sie selbst es wollen, winzige Communication-Phones mit beachtlichen Intelligenzquotienten (oftmals höher als jene der menschlichen Besitzer und innen), massenhaft Amokläufe, synthetisches Fleisch, das zwischen zwei Bissen ranzig wird, andauernde Updates, Kindergartenkurse für Finanzmanagement und noch vieles mehr, das uns das Leben und das Gemüt schwer macht. Dennoch geht's mir heute gut. Sehr gut sogar! Gerade eben hat sich mein Leben verlängert, gerade eben wurde mir kommuniziert: »Junge, du wirst noch mal einen richtigen Romanerfolg landen!«

Ich tänzle, nurejewhaft (so was von letztes Jahrhundert!) über die Straße. Bad Boy. Keinen Kopf für die Straßenverkehrsordnung. Immerhin ja auch gefeierter Wunderautor ... Wunder über Wunder. Wundergeheilter, nein: Wunderheiler. Wonderbra, nein: Wonderbro. Ich bin unverwüstlich. Einen Heinrich Barth würde ich glatt in der Wüste überrunden. Doppelt und dreifach. Ich bin der wahre Iron Man und ironischer als Ozzy Osbourne (auch schon in den höllischen Abgründen) sowieso.

Ich werde noch viel, noch massenhaft Massentaugliches – liefern, raushaun, produzieren. Buch um Buch, Schlag auf Schlag. Es wird ein Spaß. Ich werde mir das Kompliment des verstorbenen, längst kompostierten Thomas Petersen wieder zu Herzen nehmen. Und die Geschichte meines Lebens ist der bescheidene Anfang, die Lösung meiner Schreibblockade. Und ich werde Sybille anrufen und die Worte »Na, wie geht's dir, dear?« ins Mobilgerät hauchen. Jawohl. Alles auf Anfang. Alles wieder eingerenkt. Und ich werde den guten alten Safranski ein für alle Mal unter die Haube bringen, jawohl, und Blumen gibt's für Frau Mama, jawohl, und für meine allerliebste, uralte Großmutter, jawohl. Und ich werde mein Bad neu verfliesen und nie wieder irgendwem was vom Igel erzählen. Jawohl! Und ich werde niemals wieder unfrisiert, unrasiert und ungeduscht auf die Straße gehen, wenn ich meinen literarischen Erfolg wiederholt, ja, sogar getoppt haben werde, jawohl!

JAWOHL! JAWOHL! JAWOHL!

Und plötzlich, wie aus dem Nichts, steht mir sogar schon glasklar ein Titel vor Augen, der meines *übernächsten* Buches nämlich: *Wie ich einmal während der vollen Fahrt den Luftdruck meines hinteren Fahrradreifens prüfte und dabei aus der Spur geriet.* Zwar noch keine Ahnung, nicht die geringste Peilung, worum es darin gehen wird, aber mal ehrlich, was kann, was soll noch groß schieflaufen, *mit solch einem Titel!*

Halt mal, »Luftdruck«, *was ist das?* Ein Wind zieht auf – ein Donner eher!

Schreie. (Unklar!) Hupen. (Unklar!) Bremsen. (Unklar!) Bremsweg? Unklar – weil Geschwindigkeit unklar: Ich blicke nach links. Ein Lastkraftwagen! (Irisches Kennzeichen, »KK« kann ich erkennen, eine »35«.) Ist doch absolut verrückt, so was gibt's doch gar nicht! Wer denkt sich denn so was Krankes aus ...

Ende, over und:
AUS!

EPILOG

»Okay. Aber wie wird das Ganze jetzt ein Buch?«

Warum »wird«?
Ist es doch längst!
Du hast es doch gelesen.
Oder nicht?

container press (bisher erschienen):

6 Ottawa, Clemens: *Kletus*. Roman
5 Schumacher, Andreas: *Die krassen Arbeiter im chilligen Weinberg*. Kurze Prosa Minidramen
4 Lanz, Deny: *Die Sliwowitz-Mama*. Gedichte & Kurzprosa
3 Saß, Rüdiger: *Sein letztes Lächeln*. Geschichten
2 Schumacher, Andreas: *Biotonnenmutationen*. Gedichte
1 Witek, Johannes: *Salzburg Flood*. Gedichte